W0197495

Problemzonen des Lebens

Daniel Schnorbusch

Problemzonen des Lebens

Meine Gespräche
mit Fräulein Schröder

Illustriert von
Jana Konschak

C. H. Beck

Die hier versammelten Geschichten sind die überarbeiteten und ergänzten Schlusspunkt-Kolumnen, die in den Jahren 2004 bis 2009 in der Zeitschrift Kultur & Technik des Deutschen Museums in München erschienen sind.

Ich danke der verantwortlichen Redakteurin Sabrina Landes von Kultur & Technik, der Illustratorin Jana Konschak, meinem Lektor Dr. Martin Hielscher und dem Verleger des C. H. Beck Verlags, Dr. Wolfgang Beck, respektive für viel Zuspruch, wunderbare Illustrationen, zahlreiche Verbesserungsvorschläge und die Chance der Veröffentlichung.

© *Verlag C. H. Beck oHG, München 2010*
Gesetzt aus der Bembo bei
Fotosatz Amann, Aichstetten
Druck und Bindung:
fgb. freiburger graphische betriebe
Gedruckt auf säurefreiem,
alterungsbeständigem Papier
(hergestellt aus chlorfrei gebleichtem Zellstoff)
Printed in Germany
ISBN 978 3 406 59280 5
www.beck.de

Natürlich ist nichts erfunden, ist alles wahr und sind Ähnlichkeiten mit lebenden oder auch nicht mehr lebenden Personen oder Tieren die reine Absicht.

Allen Fräulein Schröders

Inhalt

Problemzonen

«Siehst du, hier steht es», sagte ich triumphierend zu Fräulein Schröder, als sie vor ein paar Tagen von mir wissen wollte, was ich denn davon hielte, wenn sie sich von einer «Koryphäe» – und dieses Wort flüsterte sie, als sei sie mitten in einem Tempel, und zwar da, wo er am heiligsten ist –, wenn sie sich also von einer Koryphäe, die ihr von ihrer besten Freundin Sabine empfohlen worden sei, an der einen oder anderen «Problemzone» etwas Fettgewebe entnehmen und die Haut straffen ließe. Auch könne sie sich bei dieser Gelegenheit gleich dieses Muttermal auf ihrem linken Schulterblatt, das sie seit Langem schon störe, entfernen lassen. Ich hatte einen gellenden Schrei ausgestoßen und gedroht, ich würde dann ohne Umschweife dreimal hintereinander «Ich verstoße dich!» rufen und sie anschließend hinaus in den Regen jagen. Und dann habe ich noch im Eifer – und das hätte ich lieber nicht tun sollen – gesagt, dass das Muttermal ihre allerschönste Stelle sei und dass ich ohne dieses gar nicht wüsste, wohin ich sie denn küssen solle. Daraufhin hat Fräulein Schröder drei Tage nicht mehr mit mir gesprochen. Kein Wunder also, dass ich Rat und Trost in den Büchern Mose suchte. Und was stand da geschrieben? «Von den Früchten des Baumes, der mitten im Garten steht, hat Gott gesagt: Ihr sollt davon nicht essen und nicht daran rühren, damit ihr nicht sterbet», das sagte Eva zu der Schlange. Diese aber war ja bekanntlich «listiger als alle Tiere des Feldes, die Gott gemacht hatte». Und so säuselte dieses hinterhältige Biest Eva direkt ins Ohr: «Ihr werdet nicht sterben.» Das jedoch war, wie wir seither immer wieder schmerzvoll erfahren müssen, eine satte Lüge, denn wir verschrumpeln fortan langsam aber sicher wie ein Apfel, den jemand auf der Heizung hat liegen lassen, und segnen unwesentlich später alles Zeitliche. Ich las Fräulein Schröder diese Geschichte in feierlichem Ton vor. Sie aber ließ das absolut kalt. Wo denn, bitte sehr, geschrieben stehe, dass man mit schiefen Nasen, Fettpolstern auf den Hüften, braunen Flecken auf der Haut oder ausgefallenen Zähnen herumlaufen müsse? Da setzte ich eins drauf und las weiter: «Im Schweiße deines Angesichtes sollst du dein Brot essen, bis du zum Erdboden zurückkehrst, von dem du genommen bist. Denn Staub bist du, und zum Staub musst du zurückkehren.» Und was, bitte schön, das jetzt für ein Argument sei, wollte sie wissen, während sie sich die Gurkenscheiben für ihre Gesichtsmaske schnippelte. Wenn wir schon lebten, dann doch bitte möglichst lange, möglichst gesund und möglichst schön. Was das bedeute? Das bedeute, erklärte ich generös, dass wir nichts, aber rein gar nichts tun könnten. Ich sagte: «Wir werden von den Maden gefressen und zerfallen am Ende zu Staub. All diese Maßnahmen zur Verstetigung von Jugend und Gesundheit und Leben, überhaupt unsere ganze Beauty-, Fitness- und Medizinindustrie,

alles im Grunde für die Katz.» «Na, dann erschieß dich doch gleich», zischte Fräulein Schröder, ohne aufzublicken. Der Lack, mit dem sie ihre Fingernägel sorgfältig bestrich, war tiefschwarz. Ich legte das Buch der Bücher enttäuscht zur Seite, öffnete die Balkontür, trat hinaus und sah in den Sternenhimmel. Der große Wagen, Kassiopeia, Orion, sie leuchteten zu mir herunter, als wollten sie sagen, du hast ja recht und sieh nur, wie klein und unbedeutend ihr alle gegen uns seid. Allein die Plejaden, die waren seltsamerweise verschwunden. Ich kniff die Augen zusammen und blinzelte in die Dunkelheit, ich riss die Augen wieder auf, kniff sie wieder zusammen, riss sie wieder auf, ich blinzelte, ich formte meine Hände zu einem Fernglas. Alles vergeblich. Ich fand sie nicht. «Ich brauche eine Brille», sagte ich am nächsten Morgen zu meiner Hausgenossin, «ich kann die Plejaden nicht mehr sehen.» Sie schien mich nicht zu hören. «Vielleicht ist es ja auch eine Netzhautablösung, und ich werde demnächst blind», ergänzte ich. Sie las ungerührt die Zeitung weiter. «Ich werde zum Arzt müssen, vielleicht in die Klinik. Sie werden meinen Kopf in eine Apparatur spannen und mir mit einem Laser ins Auge schießen. Und wenn das nichts nützt, dann werden sie mir womöglich mit langen, dünnen Nadeln das Auge durchbohren.» Sie gähnte. «Oder sie pflanzen mir die Augen eines Hirntoten ein, der mit seinem Wagen verunglückt ist, oder die eines armen Inders, der seine Augen für 200 Euro verkauft hat, um seine zehn Kinder ernähren zu können.» Sie ließ die Zeitung sinken und blitzte mich an. «Hast du nicht gestern erst gesagt, dass das alles sinnlos sei, weil wir ja eh alle zu Staub würden? Solltest du dich dann nicht einfach in dein Schicksal ergeben und jetzt in Würde erblinden?» «Das kannst du doch nicht ernsthaft wollen», platzte ich heraus, «du müsstest mich waschen und füttern, du wärest Tag und Nacht mein Blindenhund!» «So, wäre ich das? Und wenn schon», sagte sie süffisant. «Wie hieß es doch gleich: ‹Im Schweiße deines Angesichtes sollst du dein Brot essen.›» So viel Abgebrühtheit hatte ich wirklich nicht erwartet. «Okay, Kompromiss», gab ich nach, «du hast gewonnen. Ich gehe zum Arzt, und du kannst dir dein Muttermal entfernen lassen.» Fräulein Schröder strahlte mich an und fragte sogar, ob ich noch etwas Kaffee möge. Ich aber würde die Plejaden wieder sehen.

Und wo ihr Muttermal war und wohin ich sie küssen müsste, das wusste ich sowieso, ob es nun sichtbar war oder auch nicht.

Materialermüdung

Ich muss von allen guten Geistern verlassen gewesen sein, als ich zusagte, etwas über Material zu schreiben. Als Philosoph, als der ich mich ja heimlich verstehe, bewege ich mich von morgens bis abends und bis tief in die Nacht in ganz anderen Sphären, abstrakten, ephemeren, geistigen eben. Was habe ich schon mit «Material» zu schaffen, dachte ich und blätterte müde in meinem philosophischen Wörterbuch nach diesem Stichwort. «Material» gab's da nicht, dafür aber «Materialismus» und vor allem «Materie», eingekeilt zwischen Massenpsychologie und Mathematik. Seiten über Seiten und Verweise über Verweise dazu, Heraklit, Aristoteles, Descartes und Marx. Materialismus, Idealismus, Dualismus, Leib gegen Seele, bewegte, unbewegte, unvernichtbare und unerschaffbare Materie, Materie als Urstoff alles Seienden, dunkle Materie sogar (siehe Astronomie), leichte Materie, schwere Materie, Materie ohne Ende. Mir wurde ganz schwindelig und ich sah ein, dass das meinen armen Geist überforderte und meinen Körper auch, meine aus der Form geratene Materie sozusagen. Ich bekam heftiges Kniewackeln und übles Bauchgrimmen, legte mich mit einer Wärmflasche auf das Sofa, schenkte mir einen Whiskey ein und rauchte eine Zigarette. Wenn du liegst, sagte ich mir, erholt sich dein Körper und dein Geist wohl auch, zumal wenn sie in Wahrheit eins sind, wie ja einige behaupten. Da lag ich dann und starrte an die Decke und dachte, «Material, Material, Material», du Mutter aller Dinge, du hast mit dem praktischen Leben zu tun, mit dem Handfesten, mit den Dingen, die uns umgeben und die wir tagtäglich verwenden, wie rück ich dir nur zu Leibe. «Geh in ein Sporthaus», flüsterte mir schließlich gnädig mein *Hausgeist* ein, den ich, was sonst niemand weiß, zärtlich Fräulein Schröder nenne, «da findest du alles.» «Ich soll in ein Sportgeschäft gehen? Das ist nicht dein Ernst!», entgegnete ich, «ich bin doch kein Kraxelhuber, ich bin Philosoph!», und fuhr dabei unwillkürlich mit der Hand über meinen weichen Bauch. Aber Fräulein Schröder ließ nicht locker und hatte natürlich, wie immer, recht. Niemand redet so gerne vom Material wie die Sportler mit ihren Mountainbikes, Snowboards und Kletterseilen. Das richtige Material, das falsche Material, billiges Material, hochwertiges Material, altes und neues, wer Material sucht und Leute, deren Augen einen ganz seltsamen Glanz bekommen, allein schon wenn das Wort fällt, der muss zu den Sportlern gehen. «Entschuldigen Sie», wandte ich mich an den braun gebrannten Luis-Trenker-Typ an der Information, «ich suche Material.» Luis Trenker sah mich irritiert an. «Bitte sehr», sagte er schließlich und wies mit ausgreifender Geste auf die Treppe, «sieben Etagen Material, vom Keller bis zum Dach.» Das hatte ich befürchtet. Tapfer stieg ich in den ersten Stock und sah mich um, ich stieg in den zweiten Stock und dann in den dritten. Im

15

vierten schien mir die Luft schon sehr dünn zu sein, und im fünften, wo das Bergsteigermaterial untergebracht war, hechelte ich nur noch wie ein Hund nach der Treibjagd. Und dann das Material. Unübersehbare Mengen besten Materials hingen an Kleiderständern, lagerten in Regalen, standen in der Gegend herum. Geformte Materie aller Art: Polyester, Polyurethan, Polyamid und Polycarbonat, Graphit, Aramid, Plasmabase und Neopren, Kevlar, Goretex, Duralon und Elasthan, Aluminium, Edelstahl, Chrom-Molybdän und immer wieder das Metall der Metalle – Titan. Wer den Informations-Luis-Trenker nach einem «Titanium» fragt, der hat die Wahl zwischen Tennisschlägern, Fitnessgeräten, Snowboardbindungen, Boxhandschuhen, Sonnenbrillen, Trockenrudermaschinen, Golf-Caddies, Badminton-Rackets und Taucheranzügen. Alles irgendwie aus Titan, zum Einsatz gebracht selbst dort, wo man's gar nicht brauchen kann. Titan muss irgendwie cool sein, dämmerte es mir, während ich oben an die Wand gestützt auf den Lift wartete, schwer atmend, und mir den Schweiß von der Stirn tupfend. Ich hörte es scheppern und rumpeln, dann herrschte eine Weile Stille. Ein heiseres Röhren war zu hören, die Türen schoben sich ächzend zur Seite, der Aufzug war leer. Sein Boden war staubbedeckt, in den Ecken hingen Spinnweben und die Knöpfe ließen sich vor lauter Korrosion kaum drücken. Sportler gehen zu Fuß, das musste der Grund sein. Es ging wieder abwärts, sehr gemächlich und mit unglaublichem Getöse. Hätte ich doch lieber die Treppe genommen, begann ich zu zweifeln, während ich in dieser Kiste hin und her gerüttelt wurde. Irgendwann aber ging es plötzlich sehr schnell, kein Rumpeln mehr, kein Lärm, stattdessen ein schwereloses Fliegen. Drei, vier Sekunden lang fühlte ich mich sehr leicht und wohl. Dann ging das Licht aus. An den Knall, den es gegeben haben musste, konnte ich mich später nicht mehr erinnern. Aber immerhin war Fräulein Schröder so freundlich, mich im Krankenhaus zu besuchen und mir bei dieser Gelegenheit auch meine Halskrause etwas zu lösen. «Materialermüdung», hauchte sie mir zur Erklärung ins Ohr. Ich aber wusste nicht recht, wen sie eigentlich meinte.

Museumsreif

«Eine schöne Zeit mit den Kids», hatte Marie noch gesagt und dabei so seltsam gekichert. Ich hatte gesagt: «Dir auch eine schöne Zeit, und auch Max.» Aber da hatte es schon «klack» gemacht, und die Leitung war tot. «Weißt du», hatte Marie gesagt, «Max und ich, wir müssen nach all den Jahren mal wieder etwas für *uns* tun, nur für uns beide.» «Mhmm, versteh ich», hatte ich zerstreut geantwortet und an meine Steuererklärung gedacht, die das Finanzamt bereits zum zweiten Mal angemahnt hatte. Aber Fräulein Schröder würde das mit den Kindern schon irgendwie deichseln. Habe ich gedacht. Am Dienstagabend fragte sie mich jedoch überraschend: «Wie sieht denn dein Plan für die Kinder aus?» «Wieso? Welcher Plan?», antwortete ich. «Na ja, dein Plan eben. Was machst du die drei Tage mit Paul und Luise?» «Was ich mache? Was weiß ich. Irgendwas eben. Kino oder so, Eis essen.» «Eis essen? Im Dezember?» «Warum denn nicht? Kinder lieben Eis. Ist doch ganz wurscht, wie das Wetter ist.» «Du willst also mit deinen Patenkindern, die du über vier Jahre nicht gesehen hast und die fast fünfhundert Kilometer mit der Bahn anreisen, drei Tage lang bei Regen und Kälte Eis essen. Hab ich das richtig verstanden?»

«Nein, natürlich nicht drei Tage lang. Aber eben auch.»
«Und was sonst? Ich meine, in der Zeit zwischen dem Eis?»
«Dazwischen? Dazwischen fahre ich mit ihnen zur Eisdiele
und nach dem Eisessen wieder zurück nach Hause.» «Aaah
ja.» Wenn Fräulein Schröder sarkastisch sein will, sagt sie
immer so gedehnt «Aaah ja.» «Ich kann ja mit ihnen auch
das Finanzamt besuchen. Ich muss da sowieso hin. Die
haben bestimmt noch nie ein Finanzamt von innen gesehen», schlug ich vor – etwas stolz sogar auf meinen genialen
Einfall, das Pädagogische mit dem Dringlichen zu verbinden. «Das ist nicht dein Ernst!», protestierte Fräulein Schröder. «Da kannst du sie ja gleich noch in die Oberste Zollbe-
hörde, in die Personalabteilung der Stadtwerke oder in den
Heizungskeller des Landwirtschaftsministeriums schleppen!»
Keine schlechte Idee eigentlich, dachte ich für mich, da war
ich selbst auch noch nie. Aber ich verwarf den Gedanken
wieder. Fräulein Schröder hätte vermutlich – wäre sie denn
da gewesen – sofort Marie angerufen und mich als Kinder-
quäler denunziert. Aber sie war nicht da, denn es gab natürlich wieder so ein Seminar, das sie angeblich schon vor Monaten gebucht hatte undsoweiter und das unglaublich
wichtig undsofort … «Habt ihr vielleicht Lust, ins Museum
zu gehen?», fragte ich dann Paul und Luise in einem Moment der Eingebung am Donnerstagmorgen. Paul hatte
sich gerade eine halbe Nutella-Semmel auf einmal in den
Mund geschoben und ließ etwas hören, das wie «nöö»
klang, Luise fragte mit hellem Stimmchen: «Was ist ein Museum?» «Was ein Museum ist? Das ist … das ist ein … na ja,
das ist ein … aber du weißt doch bestimmt, was ein Mu-

seum ist?» «Nöö, weiß ich nicht», beharrte Luise und wischte sich die Kakaospuren am Mund mit dem Handrücken ab. «Ein Museum ist ein Haus, da sind lauter tolle Dinge drin», versuchte ich tastend eine kinderkompatible Definition. «Ist das wie ein Kaufhaus?», fragte Paul und saugte an seinem Zeigefinger, den er zuvor in den Honigtopf getaucht hatte. «Na ja, so ähnlich. Nur dass man da nichts kaufen kann. Man kann sich die Sachen nur anschauen.» «Das ist aber blöd», maulte Luise. «Ich will in ein Kaufhaus», quengelte Paul. Dabei wischte er sich seine Honigfinger am Sitzpolster der Küchenbank ab. «Kaufhäuser sind doof», meldete sich Luise. Paul sagte: «Selber doof», und streckte ihr die Zunge raus. Ich erklärte: «Ihr habt das falsch verstanden. Ich will nicht in ein Kaufhaus, ich will in ein Museum.» «Gibt's in dem Kaufhaus auch *Herr der Ringe*?», fragte Paul. Luise sagte: «Ich heirate später Frodo. Der ist sooo süß.» «Wer ist denn das jetzt», fragte ich, «ist das ein Freund von dir aus der Schule?» Die beiden verstummten schlagartig und sahen mich mit großen Augen an. Paul formte seine Hände zu einem Trichter und flüsterte unüberhörbar zu Luise herüber: «Der weiß nicht, wer Frodo ist.» Ein unerklärliches Glucksen und Kichern folgte. Ich ignorierte das irritiert und sagte: «Bei dem Museum gibt's auch eine Eisdiele. Da können wir danach ein Eis essen gehen.» «Brrrr», schüttelte sich Luise, «ich mag kein Eis im Winter.» Paul sagte: «Die Orks sind so eklig.» Ich sagte: «Orks? Das gibt's da, glaub ich, nicht, da gibt's nur Vanille, Schokolade, Stracciatella, Erdbeere, Melone...» Das schienen sie wieder sehr lustig zu finden. Paul setzte eine erwachsene Miene auf und sprach zu Luise in ernstem

Ton: «Ich hätte bitte gerne zwei Kugeln Orks.» Luise
quietschte vor Vergnügen, sodass ich fürchtete, gleich würden die Gläser zerspringen, Paul prustete durchgeweichte
Semmelbrösel durch die Küche und kriegte sich überhaupt
nicht mehr ein. Und so ging das weiter und weiter. An einen
Besuch im Museum oder in der Eisdiele war absolut nicht
mehr zu denken. Wie wir die Zeit herumgebracht haben?

Ich weiß nicht, irgendwie ging sie herum. Wir sind die drei Tage zu Hause geblieben und haben Fräulein Schröders Hochglanzküche mit Spaghettiorgien, Puddingwettessen und Kuchenschlachten verwüstet, wir haben stundenlang im Wechsel Uno und Tabu gespielt, ich habe ihnen aus der Schatzinsel vorgelesen, und sie haben mir versucht zu erläutern, was so alles in Mittelerde, im Auenland, in Mordor und was weiß ich wo los ist. Als Fräulein Schröder am Sonntagmittag wiederkam, fragte sie gleich, wie es gewesen war. «Anstrengend», sagte ich, «aber auch sehr schön.» «Weißt du», meinte ich weiter, «ich finde, wir müssen ganz dringend mal etwas für *uns* tun, nur für uns beide.» «Und woran hast du dabei so gedacht?», wollte sie wissen, lächelte, errötete sogar sanft. Ich sagte: «Da gibt's so einen Film, der muss ganz toll sein. So mit Orks und so.» «Ach den meinst du, den mit den Orks. Ja, ja, davon hab ich gehört. Das sind doch diese ... diese Insekten oder so, na, du weißt schon, die in Australien ... oder war es Afrika? ...» «Fast», sagte ich, «aber nur fast.»

No sports!

Früher bin ich in den Sommerferien durch halb Europa geradelt. Von Hamburg nach Lüneburg beispielsweise, oder von Starnberg nach Tutzing. Irgendwann hatte das Radl dann leider einen Platten. Ich war auch mal mit Freunden Skilaufen. In den Tauern, glaube ich, oder waren es die Dolomiten? Ich bin mir nicht ganz sicher, ich kann mir die Namen von Bergen einfach nicht merken. Die Gondeln der Seilbahn waren jedenfalls sehr gut geheizt. Das weiß ich noch, weil ich mir gleich am Anfang an der Heizung die Skihose angesengt hatte und ich so in den vier Tagen, die wir dort waren, den ganzen *Zauberberg* lesen konnte, während die anderen ihren Skipass amortisierten. Ab und zu habe ich auch mit Lisa, die den Liegestuhl neben mir hatte, etwas geplaudert und einen Glühwein getrunken. Lisa hatte sich schon am ersten Tag einen Bänderriss zugezogen und wäre ohne meine Gesellschaft vermutlich noch schlechter gelaunt gewesen, als sie es dann tatsächlich war. «Halt doch mal endlich die Klappe», schnauzte sie mich irgendwann aus heiterem Himmel an, als ich ihr zum Trost die berühmte Schneeszene vorlesen wollte. Und Segeln war ich auch mal. Ich muss damals dreizehn gewesen sein, oder vierzehn.

Mein Freund Jan und ich sind in Hamburg mit einer Jolle von Teufelsbrück zum Mühlenberger Loch gesegelt und wieder zurück. Immerhin zweimal quer über die Elbe. An den Rückweg erinnere ich mich allerdings nicht mehr in allen Einzelheiten, weil ich so seekrank war, dass ich mich voll und ganz darauf konzentrieren musste, nicht auch noch mich selbst vollzukotzen. Jan hatte die erste Ladung abgekriegt. Ich erwähne das alles hier lediglich deshalb, damit nicht der Eindruck entsteht, ich wüsste nicht, was Sport ist. Sport ist nämlich, das habe ich durch intensives Beobachten und die angeführten Erfahrungen herausgefunden, eine mehr oder weniger freiwillige, aller Notwendigkeit entbehrende und in der Regel schweißtreibende Bewegung des menschlichen Körpers, die man schneller, billiger und schonender mithilfe von motorisierten Fahrzeugen bewerkstelligen könnte. Seltsamerweise ist es aber so, dass mit dieser auf einer mehr als hinreichenden Basis von Beobachtungsdaten gestützten und reiflich überlegten Definition nur sehr wenige Leute, die ich kenne, vollends zufrieden sind. Sehr, sehr wenige. Keine eigentlich. Immer heißt es, du vergisst, dass Sport Spaß macht und dass Sport gesund ist. Über den Spaßfaktor will ich jetzt mal lieber nichts sagen. Reden wir stattdessen über Gesundheit. «Sport ist gesund.» Wo man hinkommt, immer wieder dieses Ammenmärchen. Kollegen, Freunde, die Krankenkasse, der Hausarzt, die *Apotheken-Umschau,* Dr. Müller-Wohlfahrt, alle singen ein Loblied auf den Sport. Selbst Fräulein Schröder sagte mir letzten Sonntag beim Frühstück, sie fände, ich solle weniger rauchen und trinken, ich solle mich mehr bewegen, ich solle mit ihr jetzt im Park eine Runde laufen. Das würde meiner Gesundheit guttun. Mir ist fast die Kaffeetasse aus der Hand gefallen, und beinahe hätte ich aus Versehen die Zeitung mit meiner Zigarette in Brand gesteckt. Ich sagte: «Wie bitte? Das täte meiner Gesundheit gut?» Der Feind saß mitten in meiner Küche, und ich hatte es bisher nicht bemerkt. «Wer», empörte ich mich, «bricht sich denn dauernd die Beine, zerrt sich die Muskeln und dehnt sich die Bänder? Wer liegt denn unserem ächzenden Gesundheits- und Rentensystem in Wahrheit auf der Tasche, vom volkswirtschaftlichen Schaden, den diese braun gebrannten, ewig krankgeschriebenen Cracks anrichten, einmal abgesehen? Die früh versterbenden Raucher etwa, die − wehrlose Opfer pharisäerhafter ministerieller Fürsorge und diskriminierender Stigmatisierung zugleich − immer mehr bluten müssen, um die maroden Staatsfinanzen zu sanieren? Die Trinker, die zwei Monate nach der Pensionierung nur noch der Friedhofsverwaltung zur Last fallen? Die Übergewichtigen, ohne die unsere Gastronomie sofort einpacken könnte und die sozialverträglich mit siebenundfünfzig am Herzinfarkt verscheiden? Die Sportler sind doch das Problem, an dem alles krankt. Sportler werden uralt, sind ständig invalide und belästigen obendrein ihre Umwelt mit ihren Heldengeschichten und ihrer unmöglichen Kleidung.» Fräulein Schröder schnürte sich schweigend ihre Joggingschuhe zu. «Gesundheit», steigerte ich mich hinein, «Gesundheit ist doch kein objektiver Zustand, wie uns interessierte Kreise der Pharmaszene andauernd weismachen wollen, sondern ein subjektives Empfinden. Was glaubst du, wie supergesund ich mich fühle, wenn ich abends eine Flasche Hochheimer öffne und mir eine Zigarette anzünde. Und wie krank, wenn ich mit dir eine Runde um den Park gelaufen bin.» Ich musste vor lauter Erregung heftig husten, während Fräulein Schröder stoisch irgendwelche Dehnübungen machte und sich die Haare zu einem Zopf band. «Ja, Blutdruck und Cholesterin und Leberwerte, das können die messen und sich daraus einen Gesundheitsbegriff zusammenzimmern, der ihnen passt», polterte ich weiter, «aber wer misst die Konzentrationssteigerung, den wissenschaftlichen und künstlerischen Kreativitätsgewinn, der durch Nikotin- und Alkoholkonsum befördert wird? Wer misst das Glück, das eine kompromisslose Bewegungslosigkeit erzeugt?» Sie sah mich sehr lange an und lächelte ein wenig. «Tu es für mich, ja», sagte Fräulein Schröder schließlich. «Ich will hier nicht irgendwann ganz allein frühstücken müssen.» – Ist das fair? Was sollte ich da noch sagen? Welche Argumente hätte es jetzt noch gegeben? Ich habe meine alten Turnschuhe aus einer Kiste gekramt und eine ausgebeulte Trainingshose aus Primanertagen. Ich erkannte, es gibt nur einen wirklichen Grund, Sport zu machen – Liebe.

Unter Wasser

Mein Verhältnis zum Wasser ist — ich kann das gar nicht anders sagen — eines, das man als «gebrochen» bezeichnen muss, auch wenn meine Liebe klar dem Meer gehört und ich dieses jedem noch so tollen Berg vorziehe. Was ist schon die beklemmende Enge von Gebirgstälern im Vergleich zur weiten Sicht über den Horizont, während die Wellen in unendlichem Gleichmaß an den Strand rollen? Eben. Zugleich aber ängstigt mich kaum etwas mehr, als in irgendeine dunkle Brühe steigen zu müssen. Ich schaue gerne *auf* das Meer, ich segle gerne *über* den See, ich gehe gerne am Fluß *entlang* und ich sitze gerne *am* Ufer. Aber *in* ein Wasser steige ich nur, wenn es sich wirklich nicht vermeiden lässt. Vor die Wahl gestellt: Wanne oder Dusche, nehme ich die Dusche. Nichts schlimmer als tiefe, dunkle Seen, schlammige Weiher, moorige Tümpel. Sobald ich den Grund nicht mehr sehen kann, spüre ich, wie die Haie, die Riesenkarpfen, die Wasserschlangen und die Kraken, das ganze grässliche Wassergetier herangeschwommen kommt, um mich zu verschlingen. Dann schon lieber gekachelte Hallenbäder mit klarem gechlortem Wasser. Hinzu kommt auch, dass ich ein lausiger Schwimmer bin. Seit etwa fünfundzwanzig

Jahren versuche ich beispielsweise, mir die Kunst des Krau-
lens beizubringen. Keine Chance. Nach fünf Zügen rette
ich mich vor dem Ertrinken allein dadurch, dass ich wieder
so langsam und regelmäßig brustschwimme, wie die siebzi-
gjährigen Seniorinnen in der Therme von Bad Pyrmont.
Manchmal denke ich, ich sollte mir auch so eine rosa Bade-
kappe mit Blütenapplikationen aus Tüll zulegen, um bei der
anwesenden Damenwelt erst gar keine falschen Hoffnungen
zu wecken. Hier kommt nicht Mark Spitz II., Mädels, hier
kommt jemand, um den man schön brav einen großen Bo-
gen herumschwimmen muss, damit er nicht absäuft. Kinder,
die vom Beckenrand springen, sind mir ein Gräuel und das

Dreimeterbrett brauchen letztlich auch nur Leute, für die
der Freitod eine alltägliche Handlungsoption ist. Ich bedau-
re es sehr, dass es keine wasserfesten Bücher gibt, mit denen
ich mehr oder weniger subtil signalisieren könnte, dass ich,
wenn schon nicht des Schwimmens, so doch wenigstens
des Lesens mächtig bin. Ich meine: Wenn Gott gewollt hätte, dass der Mensch im Wasser bleibt, dann wären wir doch
noch heute Pantoffeltierchen. Sind wir aber nicht.

Meine kleine Aquaphobie hat natürlich tiefenpsycholo-
gische Ursachen. Diese Ursachen sind ziemlich genau drei
Meter tief, und schuld ist meine jüngere Schwester. Ich war
acht und sie war fünf. Unsere praktisch denkende Mutter

meldete uns beide im Schwimmkurs an, damit wir den Freischwimmer machten. Ich kann mich nicht erinnern, gefragt worden zu sein. Das Ende war, dass meine Schwester mit einer Stoffplakette, auf der eine schön geschwungene Welle drauf war, belohnt wurde, die ihr noch am selben Tag an die Badehose genäht wurde, während ich mich am Beckenrand festklammern und husten musste, weil ich nach drei Minuten eine Ladung Wasser geschluckt hatte. Kann es eine größere Demütigung geben? Nie habe ich mir eine Plakette an eine Badehose nähen lassen, selbst Jahre später nicht, als ich es dann endlich auch gedurft hätte. Mein Fehler allerdings war, dass ich Fräulein Schröder mein Wassertrauma bestenfalls andeutungsweise gestanden hatte.

«Komm», sagte sie eines Sonntags, «es ist so schönes Wetter. Lass uns doch zum Baden an den See fahren.» «Och ... hier ist es doch auch ganz schön», versuchte ich es. «Wir könnten die Liegestühle vom Speicher holen und uns auf den Balkon legen. Wir könnten da liegen und uns ein bisschen sonnen, wir könnten ein Buch lesen, Musik hören, Schach spielen, Kuchen essen, Kaffee trinken, Kreuzworträtsel lösen ...» «Nein, nein», insistierte sie, «ich muss hier raus. Ich will an einen See.» Widerstand war zwecklos. Und wirklich, der Anblick war überraschend schön. Glitzernd lag der See in der Hügellandschaft des Voralpenlandes, die weißen Segel der Jollen tanzten auf seiner tiefblauen Fläche, die Zweitausender schimmerten im gleißenden Licht von ferne herüber. «Hier ist es gut», bestimmte Fräulein Schröder und ließ die Badetasche auf die Wiese fallen. Sie hatte eine Decke mitgenommen, die wir ausbreiteten. Sie hatte eine Thermoskanne mit Kaffee dabei und Obst und Kuchen. Ich zog mir das Hemd aus, die Schuhe und die Socken. «Ich habe, fürchte ich» – ich wühlte in meinem Beutel –, «ich habe, wie es aussieht, wohl meine Badehose vergessen.» «Das ist nicht dein Ernst», brach es aus ihr heraus, «sag, dass das nicht wahr ist.» Die Leute auf den Nachbardecken wandten uns abrupt die Köpfe zu. «Ich hab die Hose eben vergessen», zischte ich, «das kann ja mal passieren.» Sie glaubte mir nicht. Ich meine sogar, das böse Wort «Sabotage» gehört zu haben. Sie sagte: «Dann badest du eben ohne Hose.» Meine Kehle schnürte sich zu, mein Herzschlag beschleunigte sich, mir brach der Schweiß aus. «Ohne Hose? Bist du wahnsinnig?! Das kommt überhaupt nicht infrage. Das ist völlig ausgeschlossen. Was, wenn da irgendein großer Fisch kommt und …» Ich bin natürlich nicht in diesen See gestiegen. Ich bin nicht lebensmüde. Ich habe auf der Wiese gelegen, Markus Werners «Festland» gelesen und zwischendurch ein Nickerchen gemacht. Fräulein Schröder aber hat ausschließlich mit so einem öligen Latino-Typen in Glitzerbadehose geplaudert, der sich auf dem Nachbarhandtuch räkelte und sich ständig mit Sonnenöl einrieb. Sie waren gemeinsam schwimmen. Sie haben sogar, ich habe es genau gehört, auf dem See laut miteinander gelacht. Aber später, als der dann sein Micky-Maus-Heft herauszog und darin, soll ich wirklich sagen: «zu lesen» begann, warf mir Fräulein Schröder einen geläuterten Blick herüber. Sie bot mir sogar einen Apfel an, den ich gerne nahm. Ich sage es ja: Am sechsten Tag schuf Gott Mann und Frau und nicht Karpfen und Wels.

Der Mensch im Weltraum

Das ewige Schweigen dieser unendlichen
Räume erschreckt mich. Blaise Pascal

Ich glaube eigentlich nicht an Astrologie. Astrologie, das ist etwas für verhuschte Ökotanten in selbst gebatikten Gewändern, die grünen Tee trinken, auf Dinkelkissen schlafen, ständig von positiven oder negativen Energien reden und nicht die geringste Vorstellung davon haben, wie es denn kommt, dass man einen Schalter an der Wand drückt und daraufhin das Licht an der Zimmerdecke leuchtet. Aber in dem Horoskop von Fräulein Schröders Lieblingsfrauenzeitschrift stand letzte Woche, die Dinge würden sich für mich insgesamt irgendwie sehr günstig entwickeln, mein Chef habe großes Vertrauen zu mir, ich würde unverhofft eine Reise machen und ziemlich sicher auf einen Menschen treffen, der seinen hohen Wert für mich unter schwierigen Umständen unter Beweis stellen werde. Ehrlich gesagt, ich überlegte schon eine Sekunde oder auch zwei, wohin mich das Schicksal wohl führen würde, ob nach Bali oder Kuba, nach Teneriffa oder vielleicht Malibu. Ich träumte, mein Chef würde mir diskret einen Umschlag in die Hand drücken, würde mir jovial auf die Schulter klopfen und sagen:

«Hier mein Lieber, damit Sie mal etwas ausspannen können. Sie arbeiten einfach zu viel.» Und in dem Umschlag: Tickets, Hotelbuchung und die Spesen für zwei Wochen in Saus und Braus. Ich bin an diesem Tag ziemlich beschwingt ins Büro gefahren, in der tollkühnen Gewissheit, dass auch mein Chef sein Horoskop gelesen haben würde. Und dieses musste ja – wenn denn alles seine kosmische Ordnung hatte – so einen Satz enthalten haben wie: Geben ist besser denn nehmen. Und wirklich, als ich eintraf, flötete die Sekretärin, ich möge gleich zum Chef kommen. Seltsamerweise standen da aber auch schon drei meiner faulen Kollegen herum. Der Boss saß wippend in seinem Ledersessel, blickte, als ich eintrat, demonstrativ auf seine Uhr, maulte: «Auch schon da?», und zog intensiv an seiner Davidoff. Die Glut der Zigarre leuchtete, ihr Rauch hüllte ihn fast vollständig ein. Dann raunzte es aus dem Nebel heraus: «Ich brauche mal eben jemanden, der den Job in Eching übernimmt.» Daraufhin stieß die Zigarre unversehens aus dem undurchdringlichen Dunst heraus, kreiste wie eine orientierungslose Kompassnadel ein paarmal in der Luft herum und entschied sich schließlich dafür, mich für ihren Nordpol zu halten. Währenddessen hörte ich die Stimme meines Chefs sagen: «Sie da, Sie machen das. Tut Ihnen mal ganz gut, an die Front zu kommen. Hehe.» Ich werde jetzt kein weiteres Wort über die feixenden Gesichter meiner lieben Kollegen verlieren, und ich werde auch nicht weiter darauf eingehen, wie ich mir von der mitleidig lächelnden Sekretärin Neuneurofuffzig für die S-Bahn-Streifenkarte aus der Handkasse habe auszahlen lassen und wie Eching so rein urlaubstechnisch rüberkommt. Ich will auch gar nicht im Detail darüber berichten, wie ich bis in die tiefe Nacht in einem kargen, neonbelichteten Büroraum gesessen habe und das dortige Softwareproblem aus weiß der Himmel für Gründen nicht gelöst bekam. Dass ich am Ende die letzte S-Bahn verpasste und allein für die Kosten der Taxifahrt nach Hause locker mit Fräulein Schröder eine Woche nach Antalya hätte fliegen können, das wäre im Grunde auch keine weitere Erwähnung wert. Aber es war drei Uhr, als ich vor meiner Wohnung stand, meine Taschen nach dem Schlüssel durchsuchte und ihn nicht fand. Es war drei Uhr drei, als mir klar wurde, dass mein Schlüssel in Eching in einem kargen und nun dunklen Büroraum lag, es war drei Uhr vier als mir einfiel, dass Fräulein Schröder zu einem Feng-Shui-Seminar nach Benediktbeuern gefahren war und mir nicht öffnen konnte, und es war vier Uhr siebzehn, als der Kombi vom Schlüsselnotdienst vor dem Haus hielt. Fünf Minuten später stand ich im Flur meiner Wohnung und wusste nun, dass, wer das Berufsziel Einbrecher hat, nur zwei Wochen für einen Schlüsseldienst arbeiten muss. Das reicht völlig. Und man lernt da nicht nur das Türenaufknacken, die Anleitung zur Straßenräuberei steht gleich mit auf dem Plan. Dieser Mensch, der in kaum mehr als drei Minuten meine zwei Sicherheitsschlösser aufgebohrt hatte, als wären sie Butter, verlangte für seine Dienste eiskalt zweihundertsiebenundfünfzig Euro plus Mehrwertsteuer. Ich will gar nicht wissen, was in dessen Horoskop gestanden hat. Wahrscheinlich, dass er bald eine schöne Reise machen wird, wenn er jede Nacht zwei, drei schlüssellose Deppen abzockt. Am nächsten Abend kam Fräulein Schröder von ihrem Seminar wieder. Sie sagte: «Weißt du, dass wir dringend unsere Möbel umstellen müssen? Das Ch'i kann bei uns nicht richtig fließen.» «Das Was fließt nicht richtig?» «Mein Gott, das Ch'iiiiii», wiederholte sie, «das ist so eine ganz besondere chinesische Energie.» «Aha», sagte ich. «Und wie, denkst du», fragte ich beunruhigt weiter, «müssen wir jetzt unsere Möbel stellen?» «Völlig anders eben», erläuterte sie. «Alles muss nämlich mit der göttlichen Himmelskonstellation übereinstimmen. Deine Bücherregale sind zum Beispiel viel zu hoch. Die müssten kleiner sein und sollten in der Küche neben dem Herd stehen. Dein Arbeitszimmer sollte das Schlafzimmer werden und die Abstellkammer wäre ein guter Platz für deinen Schreibtisch.» Als ich aus meiner Ohnmacht wieder erwachte und in das Gesicht von Fräulein Schröder blickte, die mir hektisch Luft zufächerte, wusste ich eines ganz genau: Es gibt sie, die großen, dunklen Mächte in diesen unendlichen Räumen, es gibt sie wirklich. Sie schweigen nicht mehr. Sie haben es sich in den Köpfen meiner Mitmenschen bequem gemacht, und sie sprechen durch sie. Und sie sind meine Feinde.

Schmachtfetzen

Früher war ich mal in einer Band. Also sehr früher. So mit sechzehn. Mein Freund Sinni war der Bandleader und bestimmte, wo's langging. Zum Beispiel, dass er die E-Gitarre spielte, obwohl er eigentlich Klavierunterricht hatte und sich Gitarre nur irgendwie selbst beigebracht hatte. Ich dagegen hatte lange Jahre Gitarrenunterricht gehabt, musste aber den Bass spielen. Wer die E-Gitarre hatte, war eben cooler als die anderen, ganz egal, wie das klang. Wir hatten nur zwei oder drei Lieder im Repertoire und sind nie irgendwo aufgetreten – vermutlich weil ich den Bass so spielte, wie ich ihn spielte. Von diesen zwei oder drei Stücken erinnere ich mich nur noch an eines: *Riders on the storm* von den Doors. Die Jugend kennt die Doors ja gar nicht mehr. Das liegt wahrscheinlich daran, dass die Doors keine ordentliche Grufti-Tour mehr wie die Stones oder Blondie oder Neal Young organisieren können, weil ihr Leadsänger Jim Morrison im Drogenrausch zu lange gebadet hatte. Jim Morrison war, nur zur Erklärung für die Jüngeren, gewissermaßen der Kurt Cobain der 70er. Was ich sagen will: Musik ist offenbar eine gesundheitsschädliche Sache für junge, übersensible Leute. Unter diesem

Gesichtspunkt ist es dann auch okay, dass ich damals den Bass spielen musste. Das hat mir wahrscheinlich das Leben gerettet. Meine alte Gitarre aber habe ich immer noch. Eine akustische. Sie steht auf einem Ständer und verstaubt. Zwei Saiten sind gerissen. Insofern ist sie auch gar kein Instrument mehr, sondern ein Möbelstück. Und auswendig kann ich auch nur noch zwei oder drei Lieder damit spielen, die ich immer als Pfadfinder singen musste: *Wir lagen vor Madagaskar*, *What shall we do with the drunken sailor* und *The house of the rising sun*. Irgendwie drängt sich da doch der Eindruck auf, dass Musik eher die finsteren Seiten des Lebens beleuchtet, Krankheit, Suff und Spielsucht etwa. «Das ist nicht wahr», sagte Fräulein Schröder sehr bestimmt, «Musik hat vor allem etwas mit Liebe zu tun.» «Ja, ja, mag ja sein», sagte ich, «aber Liebe ist doch in Wahrheit die finsterste Seite des Lebens überhaupt. Welche Lieder handeln denn schon von glücklicher Liebe? Die meisten befassen sich mit ihrer Abwesenheit, mit Verlust, Trennungsschmerz und Treuebruch. Wahre Liebe, ach je, die gibt's ja kaum.» Danach drang tagelang aus ihrem Zimmer ein Schmachtfetzen nach dem anderen. Als sie tatsächlich damit begann, alte Cat-Stevens-Platten aufzulegen, verließ ich die Wohnung und strich ziellos durch die Stadt. Ein zotteliger Typ saß mit seiner Klampfe in der Fußgängerzone und sang mit Inbrunst: *I can't get no satisfaction*. Gute Wahl, fand ich und warf ihm einen Euro in seine Mütze. Es war schon dunkel, als ich die Wohnungstür aufschloss. Und was hörte ich aus Fräulein Schröders Zimmer? Elvis! *Love me tender*! Sie verstehen: Was zu viel ist, ist zu viel, ist zu viel. Ich holte mir eine Flasche

Wein aus dem Kühlschrank, griff mir meine ramponierte Gitarre, stimmte sie leidlich, schnappte mir mein fleddriges Pfadfinderliederbuch und sang es volltönend von vorne bis hinten durch, beginnend bei A wie: *Abendstille überall,* über B wie: *Bolle reiste jüngst zu Pfingsten*, S – *Siebzehn Mann auf des Totenmanns Kiste* bis zu W – *Wir sind die Moorsoldaten.* Einige Akkorde konnte ich nicht mehr. Aber das war nicht so wichtig. Allein der Inhalt zählte. Dass Fräulein Schröder mehrmals um Ruhe bat und Frau Melkfuß von unten wiederholt mit dem Besenstiel gegen die Decke donnerte, das feuerte mich nur noch weiter an. Die zweite Flasche war fällig. Ha!, zuckte es mir durch den Schädel. Liebe!? Euch zeig ich's! Ich werde die ganze Nacht Antikriegslieder (*Sag mir, wo die Blumen sind*), Revolutionslieder (*Bella Ciao*), Sauflieder (*In Texas Kneipe*), Drogenlieder (*Cocaine*) und auch – unausrottbarer romantischer Sentimentalität halber – Wanderlieder (*Im Frühtau zu Berge, Auf du junger Wandersmann*) schmettern! Es muss gegen drei Uhr gewesen sein, als mich ein heftiges Schellen während *Alle Vögel sind schon da* störte. Die beiden Beamten machten einen müden Eindruck. Ob ich noch ganz bei Trost sei, wollte der eine wissen. Der andere gähnte. Dann nuschelte er irgendwas von Beschwerden, die es gegeben habe. «Ach, das war nur die olle Melkfuß», wiegelte ich ab. «Wissen Sie, die is 'n bisschen neurotisch, die übertreibt gern.» Es ist nicht ausgeschlossen, dass ich etwas undeutlich gesprochen habe. Es könnte sein, dass ich eine kleine Fahne hatte. Der erste Beamte trat zwei Schritte zurück, blickte auf seinen Notizblock und schüttelte den Kopf. Nein, nicht Melkfuß, eine Frau Schröder

habe angerufen. Mir blieb die Luft weg. Was sagt man dazu! Verrat in den eigenen vier Wänden. Ich war fassungslos. Ich entschuldigte mich mit einer tiefen Verbeugung vor der Staatsgewalt, alles drehte sich, «kommt gut nach Hause, Jungs», hörte ich mich noch sagen und stolperte zurück in mein Zimmer. Nebenan rührte sich nichts.

Ob ich gut geschlafen habe, wollte Fräulein Schröder

wissen und grinste spöttisch. Ich warf die zweite Aspirin ins Glas und stierte dumpf auf die kleinen Bläschen, die nach oben stiegen. «Du hast mich verpfiffen!», krächzte ich. Mein Kopf war ein Strohballen. «Hab ich nicht!» Fräulein Schröder stellte mir einen Orangensaft hin. «Was heißt hier ‹hast du nicht›? Die Polizei war da.» «Das war ich nicht.» Sie drückte mir einen Eisbeutel in die Hand. «Heißt hier noch irgendwer Schröder? Unsere Bratpfanne vielleicht?» Sie stellte ein Gurkenglas auf den Tisch. «Ja.» «Wie? Was heißt hier ‹ja›?» «Gegenüber. Die Frau mit dem Bullterrier.» − Mich fröstelte. Mir war gar nicht gut. Ich kroch in mein Bett zurück. Wie sollte ich das jetzt wieder geradebiegen? Ich drehte leise das Radio an. Tom Waits sang: *Saving all my love for you*. Ich habe es etwas lauter gestellt. Ich hoffe, Fräulein Schröder hat es gehört.

Mit einem Körnchen Sand

«Mach doch was über Physik, über Einstein und so», hatte die Redaktion gesagt. «Klar, mach ich doch», hatte ich geantwortet und einen Text geschrieben, der prompt abgelehnt wurde. Liebe Leserin, lieber Leser, ich weiß, *Sie* haben natürlich Mathematik, Physik oder Chemie studiert, Sie sind Maschinenbauer, Flugzeugtechniker oder Weltraumforscher. Aber ich? Ich habe Physik nach der 10. Klasse abgewählt, weil mir so ein kleiner eitler kinnbarttragender Physiklehrer unmissverständlich bedeutet hatte, dass ich mal besser auf die Waldorfschule gegangen wäre, um Blockflöte und eurhythmische Tanzschritte zu lernen. «Was soll ich nur tun? Kannst nicht du diesmal diese Kolumne schreiben?», sagte ich zu Fräulein Schröder, die alles weiß, was ich nicht weiß. «Kauf dir ein Buch», sagte sie nur lapidar und füllte ungerührt die Felder ihres Kreuzworträtsels aus. Natürlich hätte ich mir jetzt ein x-beliebiges Physiklehrbuch kaufen können, um dann auf jeder Party mit weitschweifigen Ausführungen über Thermodynamik, elektromagnetische Felder und Quantenmechanik zu brillieren. Aber − auch der Philologe hat schließlich seinen Stolz − wenn ich eine Sache mache, dann mache ich sie gründlich. Ich sagte mir: Du musst dort anfangen, wo alles begann. Einerseits aus Respekt vor den Leistungen der Alten, andererseits weil du von dem Späteren ohnehin kein Wort verstehst, wenn du das Frühere nicht kennst. Ich habe mir zwei Bücher gekauft, die mir geeignet schienen, mich in die Geheimnisse der Physik auf einigermaßen schonende Weise einzuführen: die *Physik* von Aristoteles und die *Abhandlungen* von Archimedes. Wie sinnvoll dieser Erwerb war, will ich unter anderem mit einem Zitat belegen. Aristoteles schreibt im VII. Buch der Physik: *Alles, was in verändernder Bewegung ist, muss von etwas in Bewegung gebracht werden. Wenn es denn in sich selbst den Ursprung der Veränderung nicht hat, so ist einleuchtend, dass es von etwas anderem in Bewegung gesetzt wird.* Ein goldener Satz der Physik, der ganz meiner Erfahrung entspricht. Wenn ich beispielsweise auf dem Sofa sitze und dort gemütlich vor mich hin döse, dann dauert es, jede Wette, gar nicht lange, bis Fräulein Schröder kommt und mich zu irgendeiner Bewegung drängt: Abwaschen, Wohnung saugen, Spazierengehen etc. Aristoteles stellt sich dann die Frage, wer eigentlich Fräulein Schröder in Bewegung gebracht hat, um mich in Bewegung zu bringen, und folgert gemäß der Maxime, dass alles, was in Bewegung ist, von etwas in Bewegung gebracht worden sein muss, dass es irgendwann einen gegeben hat, der selbst nicht bewegt war, der aber alle Bewegung ausgelöst hat. Den nennt er den «unbewegten Beweger». Dass eines mal klar ist: Wenn ich den erwische, dann setzt es was.

Von Archimedes dagegen habe ich mit großem Gewinn eine Abhandlung gelesen, in der er beweist, dass es eine

Zahl gibt, die größer ist als die Anzahl der Sandkörner, und zwar sogar dann, wenn man sich den ganzen Kosmos mit Sand angefüllt denkt. Diese Abhandlung heißt *Die Sandzahl*. Nicht nur, dass es wirklich beeindruckend ist, wie Archimedes das rauskriegt – denn er muss ja erst einmal mithilfe ausgetüftelter Apparaturen und Winkelberechnungen den Rauminhalt des Kosmos berechnen –, das wirklich Fabelhafte daran ist, dass ich ab jetzt unendlich beruhigt mit Fräulein Schröder im Sommer ans Meer fahren kann. Ich weiß jetzt: All der Sand, der sich in meinen Schuhen und Kleidern, zwischen Buchseiten und Zahnbürstenborsten, auf der Kopfhaut und unter den Fingernägeln ablagert und der mich noch jedes Jahr zur Verzweiflung gebracht hat, er ist begrenzt, ist endlich, selbst wenn die ganze Welt vollständig aus Sand bestünde.

Die Physik der Antike hat es wirklich in sich. In einem weiteren Buch, das ich noch zufällig in meinem Regal fand, hat mir endlich mal jemand den Magnetismus erklärt. Alexander von Aphrodisias hat Demokrits Theorie dazu überliefert: Demokrit nimmt an, *dass das Gleiche sich zum Gleichen hinbewegt, dass sich aber auch alles ins Leere hineinbewegt.* Weiter geht's dann ungefähr so: Die Magnetatome sind beweglicher, weil größere Leerräume zwischen ihnen bestehen. Sie dringen deshalb in das Eisen ein, setzen dort Atome in Bewegung, die dann ihrerseits in die Leerräume des Magnets strömen. Ist das nicht eine schöne Erklärung? Endlich weiß ich, warum diese kleinen Eisendinger an meiner Kühlschranktür haften bleiben, selbst wenn der Einkaufszettel oder die Postkarte von Judith aus St. Moritz druntersteckt. Und dass sich Gleiches zu Gleichem hinbewegt, das weiß auch jedes Kind. Denken wir nur an zwei Autos, die auf der Kreuzung zusammenkrachen, oder an meinen Nachbarn, der genauso aussieht wie sein Dackel. Heraklit sagt: «Die Natur pflegt sich zu verbergen.» Das mag ja sein. Aber im Lichte meiner jüngsten Lektüre habe ich doch die Hoffnung, dass wir den Schleier ein wenig lüften können, denn, und das hat Aristoteles in seiner Metaphysik gesagt: «Alle Menschen streben von Natur aus nach Wissen.» Vielleicht ein bisschen optimistisch, im Großen und Ganzen aber wohl zutreffend, denn als ich Fräulein Schröder mit glühenden Wangen meine Folgerungen aus Archimedes' Sandzahl-Aufsatz berichten wollte, saß sie mal wieder über einem Kreuzworträtsel. «Sag mal», fragte sie, «weißt du was über diese Unschärferelation?» «Äh, ja, also, die Unschärferelation … Also Unschärfe heißt ja, dass etwas gewissermaßen unscharf ist. Wenn's keine klaren Ränder gibt.» «Ach wirklich?» Fräulein Schröders Ton schien mir irgendwie ins Süffisante zu kippen. Nun ja, auch der heilige Paulus hatte eben nicht unrecht: All unser Wissen ist Stückwerk … «Kauf dir doch ein Buch», sagte ich und strich liebevoll über die Magneten an unserer Kühlschranktür.

Linke Hände

Ich bin ja Akademiker. Akademiker, sagt man, haben lauter linke Hände. Akademiker hauen mit dem Hammer erst alle Nägel krumm und sich dann anschließend auf den Daumen. Leute mit blauen Daumen sind daher mit einiger Sicherheit Lehrer oder Professoren. Wenn Menschen, die sonst Bücher lesen, ein Regal aufstellen, geht man besser in Deckung und nähert sich dem Gestell lieber nur mit Schutzhelm und in Schuhen mit Stahlkappen. Eine Säge in deren Hand führt unweigerlich zu einem Blutbad, für Bohrmaschinen brauchen die eigentlich einen Waffenschein. So oder ähnlich gehen die landläufigen Meinungen über die handwerklichen Künste der Studierten. Es ist Zeit, finde ich, mit diesem Vorurteil endlich einmal aufzuräumen. Ich zum Beispiel bin sicher, in einem meiner früheren Leben war ich Schreiner oder Elektriker oder Schlosser. Wenn ich keine Lust mehr zu geistiger Arbeit habe – das kommt in letzter Zeit irgendwie immer häufiger vor –, dann gehe ich in den Keller an meine Werkbank und säge ein paar Bretter durch. Zum Beispiel. Oder ich spanne eine Metallplatte in den Schraubstock und feile sie etwas zurecht. Wenn Fräulein Schröder sieht, dass ich mir meinen Blaumann anziehe, weil ich wieder in den Keller will, verdreht sie immer die Augen und gibt so einen ganz eigenartigen Laut von sich, den ich kaum beschreiben kann. So eine ganz spezielle Mischung aus Stöhnen, Seufzen, Zähneknirschen und Hohnlachen. Ich habe mittlerweile gelernt, das demonstrativ zu ignorieren. Vielmehr frage ich sie: «Meine Liebe, was darf ich dir denn heute basteln?» Darauf bekomme ich gewöhnlich keine Antwort.

Letzte Woche hatten wir Besuch von Sonja und Markus. Alte Freunde aus uralten Zeiten und ewig nicht gesehen. Beide Lehrer. Markus trug eine schwarze Augenklappe, unter der einige Lagen weißer Mull hervorlugten. «Was ist denn mit dir passiert?», rief Fräulein Schröder voller Mitgefühl aus, hakte sich bei Markus unter und geleitete ihn zur Couch. Markus wiegelte ab. Es sähe schlimmer aus, als es sei. Sonja bewunderte unterdessen unsere Telefonbuchablage aus Edelstahl, die ich Fräulein Schröder mal vor Jahren zum Geburtstag geschweißt und genietet hatte. «Och, nicht der Rede wert», murmelte ich. «An dem Ding hab ich mich schon dreimal tief geschnitten», rief dagegen die Besitzerin aus dem Wohnzimmer.

Wir tranken Kaffee und aßen Erdbeerkuchen, wir schwelgten in alten Zeiten und zeigten uns Fotos von den letzten Urlauben, Sommer in Dänemark, Pfingsten auf Rügen, Segeln auf Elba … Der Tag ging, der Abend kam, die Kaffeetafel wurde abgedeckt, die Schnittchen wurden aufgetragen. Ich öffnete die erste Flasche Wein. Was mit Markus' Auge los war, wussten wir noch immer nicht. Aber es stellte sich immerhin heraus, dass auch er im Laufe der Jahre

ein passionierter Heimwerker geworden war. «Im Grunde
ist ja alles eine Frage des richtigen Werkzeugs», stellte er fest.
«Diese ganzen schiefen Bilder, diese wackligen Regale und
tropfig lackierten Kommoden, das ist alles nur das Ergebnis
von Sparsamkeit am falschen Platz. Schrauben aus dem Supermarkt, Akkubohrer aus dem Kaffeehandel und Pinsel
von der Tankstelle. Das kann ja nichts werden.» Sonja blieb

seltsam still. «Ganz meine Meinung», pflichtete ich ihm bei, und Fräulein Schröder machte wieder ihr seltsames Geräusch. «Komm», sagte ich, «wir gehen in den Keller. Ich zeig dir mal meine Werkstatt.» Markus war tatsächlich beeindruckt. Nach Größe und Funktion sorgfältig geordnet hingen da meine Werkzeuge – Bohrer, Feilen, Zangen und Stemmeisen, Hämmer und Sägen, Zwingen und Meißel. Die metallbeschlagene Werkbank fand ebenso sein Wohlgefallen wie die beiden stufenlos drehbaren Schraubstöcke und die Elektrowerkzeuge. «Na», ergriff ich diese Gelegenheit unter Heimwerkern, «nun schieß schon los. Was ist mit dem Auge passiert?» Markus schüttelte den Kopf. «Reden wir über was anderes.» Ich verstand ihn. Über Verletzungen sprechen Heimwerker nicht gern. Jedenfalls nicht über die, die sie sich selbst beigebracht haben.

Es war weit nach Mitternacht, als Sonja und Markus gingen. «Ein wunderbarer Abend, nicht wahr», schwärmte ich Fräulein Schröder vor, während wir das Geschirr einsammelten und in die Küche trugen. «Wunderbar? Was war denn an diesem Abend wunderbar? Ihr habt geschlagene drei Stunden über eure Werkzeuge gefachsimpelt, über die Vor- und Nachteile von Winkel-, Schwing- und Excenterschleifern, die Festigkeit von Werkzeugstahl und Chrom-Vanadium, das Gewicht von Multiplexplatten und die Problematik, ordentliche Armaturen zu akzeptablen Preisen zu bekommen. Sonja und ich haben uns ja weitgehend auf dem Balkon unterhalten müssen.»

«Ach, *da* wart ihr immer.»

«Ja, *da* waren wir immer. Gut war immerhin, dass wir uns

so ungestört über das, was du ‹Frauenthemen› nennst, unterhalten konnten.»

«Also zum Beispiel ...?»

«Zum Beispiel, dass Männer einem immer die falschen Sachen schenken und dass man um die Dinge, die man sich wirklich wünscht, ewig bitten muss.»

«Wann hab ich dir denn mal was geschenkt, was du nicht wolltest?», fragte ich verblüfft.

«Ich denke da etwa an eine scharfkantige Telefonbuchablage, die nicht zum darüberhängenden Barockspiegel passt», kam es spitz zurück.

«Das ist doch wirklich ungerecht!», protestierte ich.

«Da setzt man seine Gesundheit aufs Spiel, um seiner Liebsten etwas ganz Persönliches zu basteln, etwas, das man nirgendwo kaufen kann, und das ist dann der Dank! Sieh dir den armen Markus an, der hat womöglich sein Auge verloren.»

«Markus? Was hat der damit zu tun?»

«Ich sag doch – sein Auge!»

«Quatsch, Sonja hat gesagt, Markus sei beim Korrigieren von Schulaufgaben schlagartig eingeschlafen und habe sich dabei den Rotstift ins Auge gestochen.» ...

Wahre Schönheit

Wahre Schönheit kommt von innen – heißt es. Aber das glaubt natürlich kein Mensch. Neulich war ich beim Friseur und blätterte dort in einer dieser Zeitschriften, die alle angeblich immer nur beim Friseur lesen. Wenn es stimmt, was mir dort Seite für Seite mitgeteilt wurde, dann kommt wahre Schönheit einzig und allein von außen. Siebzig Prozent dieses Heftes widmeten sich den Themen Mode, Kosmetik, Parfums, Diäten, Fitness und Wellness sowie natürlich dem Thema Partnerschaft, in Gestalt von psychologischen Fragebögen und allerlei Tipps zum Thema Sex, deren Wiedergabe ich mir hier versagen muss. Der Rest des Heftes bestand aus Berichten über unseren einigermaßen funktionslosen, dafür aber umso skandalanfälligeren Hochadel sowie über irgendwelche Stars und Sternchen, die vor allem deshalb ihren Star- und Sternchenstatus innezuhaben schienen, weil sie all das Zeug und all die Ratschläge, die auf den anderen Seiten angepriesen wurden, käuflich erworben respektive haarklein befolgt hatten. «Schönheit? Da kann ich ja nur lachen! Das ist doch alles nur gemogelt, alles nur Show, alles nur Farbe!», sagte ich zu Aldo, der damit begonnen hatte, mir mit einer Blumenspritze die in Würde ergrauten Haare zu befeuchten. «Si, Signore. Dasse isse alle nixe echte.» «Eben, alle nixe echte», pflichtete ich ihm bei. Es ist doch immer wieder ein schönes Gefühl, wenn man sich mit den Überzeugungen anderer Leute so völlig einig weiß. Ich hielt Aldo im Folgenden dann noch einen kleinen Vortrag über die alte Unterscheidung zwischen dem Naturschönen und dem Kunstschönen. Ich glaube, ich erwähnte zumindest beiläufig Hogarth, Baumgarten, Winckelmann, Lessing, Herder, Schelling und Schleiermacher. Aldo sagte: «Si, Signore, ganze große Schleiermacher.» Dann musste ich eine Weile schweigen, weil Aldo mir die Haare in die Stirn gekämmt hatte und die Schere meinem Gesicht gefährlich nahe kam. Ich schloss die Augen. Ich lauschte. Abgeschnittene Haarbüschel streiften meine Wange und mein Kinn, ehe sie auf den Polyesterumhang fielen, um von dort weiter auf den Boden zu gleiten. Die Schere machte ihr monotones Schnippschnapp, und es ist nicht ausgeschlossen, dass ich davon zwischenzeitlich etwas einnickte. Mein italienischer Starfriseur fuhrwerkte alldieweil mit großem Elan und erheblicher Ausdauer an meinem Kopf herum. Ich spürte, wie er sich mit großer Gründlichkeit um jede Strähne kümmerte, und ich dachte, ich sollte vielleicht, sobald ich die Augen wieder öffnen und wieder sprechen könnte, der Vollständigkeit halber auch noch Kants *Kritik der Urteilskraft* und Hegels *Vorlesungen über die Kunst* erwähnen. «Ecco, Signore», sagte Aldo schließlich, «nixe Schleiermacher mehr.» Tja, nixe Schleiermacher mehr. Da hatte er allerdings recht. Das, was ich zu sehen bekam, war umwerfend, um nicht zu sagen niederschmetternd. Als ich so ungefähr siebzehn war, hatte ich mal längere blonde Haare. Jetzt waren sie so schwarz wie Aldos Lockenpracht, nur ohne Locken. Mehr wie Streichhölzer. Ich schloss die Augen wieder und öffnete sie dann vorsichtig. Wenn man eine Halluzination hat, hilft das in aller Regel. Jedoch, es half trotz mehrmaliger Wiederholung nicht. Ich dachte: «Wenn das wahr ist, was ich da sehe, wenn andere das auch sehen, was ich sehe, und wenn ich keinen begründeten Zweifel haben kann, dass meine Wahrnehmung mit den Wahrnehmungen anderer übereinstimmt, dann gute Nacht.» «Sind Signore zufriedene?», hörte ich Aldo sagen. «Schleierfarbe jetzt nixe mehr da.»

Fräulein Schröder war, als ich heimkam, zum Glück abwesend. Ich wusch mir mehrere Male die Haare, in der schwachen Hoffnung, aus Schwarz würde wieder Grau. Aber die Kosmetikbranche im Verein mit der chemischen Industrie hatte ganze Arbeit geleistet. Das Handtuch mehrfach um den Kopf geschlungen, verbarg zwar die Tragödie, aber wie viele Tage würde ich wohl mit einem Frotteeturban herumlaufen können, ehe Fräulein Schröder misstrauisch werden würde? Und dann hörte ich auch schon das Schloss, und die Wohnungstür ging auf und herein trat ... eine Blondine. Eine Blondine, die Fräulein Schröder entfernt ähnlich sah. «Sag jetzt nichts», zischte die Blondine, «ich könnte ihn umbringen, diesen Pedro, diesen Idioten!» Fräulein Schröder stellte sich vor den Garderobenspiegel und raufte sich mit beiden Händen ihr Haar. «Ist doch gar nicht so schlimm», sagte ich beschwichtigend, «ist doch mal was anderes. Ist sogar ganz hübsch.» «Natürlich! Männer!

Hauptsache blond! Ich bin aber nicht blond!» «Reg dich doch nicht auf», versuchte ich es, «das ist jetzt gerade voll im Trend. Glaub mir. Alle haben das jetzt. Blond ist *die* Farbe! Madonna, Camilla, Lady Gaga. Ich wäre liebend gerne blond.» «Ach was weißt du denn schon von Trends?!» «Weißt du», tastete ich mich langsam vor, «weißt du, es gibt viel Schlimmeres als Blond. Viel, viel Schlimmeres.» «Und das wäre, bitte schön?» «Das da ist zum Beispiel schlimmer.» Womit ich mir den Turban vom Kopf zog.

Es soll ja Lebensgefährtinnen geben, die ihrem Liebsten in der Stunde der Not aus tiefstem Herzen Beistand leisten und Trost spenden. Und es ist auch nicht so, dass ich das im Falle des Falles, sei es aus Stolz, sei es aus falscher Bescheidenheit, zurückgewiesen hätte. Allein, das war gar nicht nötig. Fräulein Schröder sah nur kurz auf und sagte dann sehr bestimmt: «Komm mit ins Bad!» Sie hat sich dann eiskalt meinen Elektrorasierer geschnappt, hat den Langhaarschneider ausgefahren und hat mir mein geschwärztes Haupthaar auf null geschnitten. Nixe Haare mehr. Nur meiner standhaften Weigerung, bei ihr das Gleiche zu tun, ist es zu verdanken, dass Fräulein Schröder nach wie vor toll aussieht. Schönheit kommt nämlich, wie ich jetzt weiß, tatsächlich von innen. Aber nur bei Männern.

Gut Pfad!

Heute machen wir erst mal eine kleine Philosophiestunde. Aus gegebenem Anlass wollen wir uns etwas eingehender mit dem Begriff des Weges befassen. Zu Beginn müssen wir den Begriffsinhalt klären. Philosophen machen das so. Einige wenigstens. Nicht alle. Was also ist ein Weg? Ist ein Weg ein Ding, so, wie ein Stein ein Ding ist, oder ist es etwas ganz anderes? Tja, gar nicht so leicht. Man könnte immerhin sagen, ein Weg ist ein Ding wie ein Stein, weil es ein längliches Stück Boden ist, aus Sand oder Schotter oder Asphalt oder dergleichen. Was aber, wenn wir etwa via Satellit mitten im Urwald und umgeben von Bäumen ein längliches Stück Boden aus Sand entdecken? Ist das dann auch ein Weg? Wohl kaum. Ein Weg ist immer etwas, das von einem Ort A zu einem Ort B führt. Ein Weg verbindet. Wenn es kein A und kein B gibt, gibt es auch keinen Weg. Und wenn es nur ein A gibt, aber kein ordentliches B, hat man es mit einem Irrweg zu tun. Sollte hingegen B mit A identisch sein, dann haben wir einen Ringweg. All diese Eigenschaften unterscheiden einen Weg von einem Stein. Ein Stein ist ein Stein, ganz gleich, was sonst noch so der Fall ist. Damit aber nicht genug. Denn nicht nur, dass Wege zwei möglichst verschiedene Orte A und B verbinden müssen, irgendwer muss diese Verbindung auch nutzen. Ein längliches Stück Sand zwischen zwei Orten, das nie einer betritt, verdient es keineswegs, ein Weg genannt zu werden. Zum Beispiel der Mars. Wenn ein längliches Stück Boden aus Marssand zwei Marsorte, z.B. zwei Krater, miteinander verbindet, dann ist das weiß der Kuckuck was, aber gewiss kein Weg – es sei denn, man glaubt an kleine grüne Marsmännchen, die auf der Marssandpiste von Krater A zu Krater B wandern. Marsmännchen hat aber, außer im Delirium, noch nie jemand gesehen, weshalb wir hier ein sehr bedeutendes philosophisches Prinzip anwenden, das man *Occams Rasiermesser* nennt. Danach soll man nur solchen Sachen Existenz zuschreiben, wenn's gar nicht anders geht. Alles andere dagegen wird seinsmäßig sozusagen wegrasiert. Der vorläufige Schluss aus dieser Analyse ist also: *Weg* ist ein funktionaler Begriff. Etwas ist nicht ein Weg, weil es *an sich* ein Weg ist, sondern, weil es als Weg *fungiert*. So weit die Theorie. Nun kommt die Praxis.

Fräulein Schröder und ich waren letztes Wochenende wandern. Wandern geht ja heutzutage so, dass man mit dem Auto raus aus der Stadt und zu einer Stelle fährt, die ein sogenannter Geheimtipp ist und von wo aus der Weg ins Grüne führt. Der Geheimtipp stellt sich dann nicht selten als ein großer Parkplatz heraus, wo man auf ungefähr eine Million andere Leute trifft, die ebenfalls wandern wollen. Wer immer noch glaubt, dass Wandern irgendetwas mit einem einsamen, romantischen Naturerlebnis auf der Berge Gipfel und an der Wiesen Rain zu tun hat, der irrt. Ich sah

die unendliche Karawane der Naturfreunde sich die Schot-
terpiste den Berg hinaufschlängeln, die Teleskopstöcke in
der Hand, die Outdoorjacke um die Hüften gebunden, die
Kamera um den Hals baumelnd. Ich spürte, wie sich eiserne
Bande um meinen Brustkorb legten. Ich kenne das schon.
Ich habe das öfters. Fräulein Schröder kennt es auch schon.
Ich sagte: «Ich kann da auf keinen Fall mit hinaufgehen. Ich
bekomme gerade meine Beklemmungszustände.» «Nicht
schon wieder!», stöhnte Fräulein Schröder und zog ihre
Nordic-Walking-Stöcke energisch auseinander. «Auf, auf!
Das vergeht schon wieder. Denk an die Aussicht, wenn wir
oben sind!» Ich sagte: «Ich werde nur nie da oben ankom-

men. Ein Rettungshubschrauber wird mich auf halber Stre-
cke aufnehmen und ins Spital fliegen.» Fräulein Schröder,
glaube ich, war kurz davor, mit dem Stock auf mich loszu-
gehen. «Könnten wir nicht diesen anderen Weg da gehen?»,
versuchte ich sie zu beschwichtigen und wies auf einen
menschenleeren Pfad, der sich ebenfalls hinauf in den
Hochwald bahnte, nur etwas abseits. «Den scheinen die anderen irgendwie übersehen zu haben.» «Das wird schon
seinen Grund haben», wandte sie ein, ließ sich aber dann
doch überreden, nachdem ich ihr von meiner Jugend bei
den Pfadfindern und meinem geradezu legendären Orien-
tierungssinn berichtet hatte. «Ach, die Natur!», rief ich voll

Glück und schritt voran auf dem schönen Pfad, der nur für Fräulein Schröder und mich gemacht zu sein schien. Mein Brustdrücken war wieder weg. Die Sonne schien, die Wolken zogen, die Vögel zwitscherten. Wir wanderten weiter hinauf und hinein in den Wald, und der Duft der Tannen und Farne, der betörende Modergeruch faulenden Holzes umfing uns. Irgendwo hämmerte ein Specht. «Bist du denn sicher, dass der Weg zum Gipfel führt?», fragte Fräulein Schröder. «Ach, was heißt schon *sicher*», erwiderte ich überschwänglich, «ist nicht das ganze Leben eine einzige offene Frage? Ist nicht die Natur selbst die leibhaftige Unsicherheit?» Wie zum Beweis lag nach der nächsten Kurve ein großer Holzstapel mitten auf dem Weg. «Na fabelhaft», rief Fräulein Schröder aus, «ich hab's ja geahnt!» Ich gebe zu, dass der Weg, der sich hinter dem Stapel fortsetzte, für einen Unkundigen möglicherweise nicht sofort als ein solcher erkennbar war. Er wurde eben selten benutzt. Er war durchaus von Dornengestrüpp überwuchert und einigermaßen unbefestigt. Felsbrocken lagen auch darauf. Umgestürzte Bäume. Fräulein Schröder war sehr froh, dass sie ihre Stöcke dabeihatte, weil diese sich auch als Macheten und Hebel eigneten. Das allerdings, was sie dem netten Herrn von der Bergwacht, der uns später in der Dunkelheit heimleuchtete, erzählte, nämlich dass ich sie gegen ihren Willen in die tiefste Wildnis gelockt habe, das trifft so nicht zu. Wir haben den Gipfel ja schließlich erreicht. Und wir waren sogar allein. Schade nur, dass wir, oben angekommen, keine so gute Aussicht hatten, weil die Batterien unserer Taschenlampen bereits ihren Geist aufgegeben hatten.

Grenzüberschreitung

Ich brauchte einen neuen Reisepass. Der alte war abgelaufen und war mir auch inzwischen etwas fremd. Auf dem alten Foto habe ich noch ziemlich viele dunkle Haare und einen Dreitagebart. Immerhin lächle ich und neige den Kopf etwas, und man denkt gleich, das muss ein gut gelaunter Mensch sein, der da in Plastik eingeschweißt ist. Stimmt ja auch, und außerdem bin ich damit problemlos durch jede Passkontrolle gekommen. Für den neuen Pass bin ich ganz in der Früh hinunter in die U-Bahn, habe mich in so einen Automaten gezwängt und habe ein paar Fotos machen lassen. Die ersten vier gingen daneben, weil vor mir anscheinend ein Drittklässler Fotos für seinen Schülerausweis brauchte. Ich hatte vergessen, den Drehhocker herunterzuschrauben. Auf den Fotos hatte ich keine Stirn. Die zweiten vier gingen auch daneben, weil ich den Sitz zu weit heruntergeschraubt hatte. Jetzt hatte ich kein Kinn. Dann habe ich das mit dem Hocker richtig gemacht, hatte aber von den ersten Blitzlichtern Tränen in den Augen. Die Bilder sahen so aus, als ob ich gerade einen Weinkrampf hinter mir hätte. Für den vierten Versuch musste ich mir erst neues Kleingeld oben beim Taxistand wechseln lassen. Der erste

Taxifahrer sagte, er sei keine Bank. Der zweite sagte, er habe kein Kleingeld. Der dritte nahm meinen Fünfziger, gab mir aber nur achtundvierzig zurück. Das sei der heutige Kurs, sagte er und grinste. Mit den Fotos bin ich dann zur Passstelle, habe ein Formular ausgefüllt und bin dann so gegen 11:53 Uhr an die Reihe gekommen. Die Dame hinter dem Tresen sagte dem Sinne nach, dass ich meine Fotos gleich mal in die Tonne treten könne. Sie entsprächen nicht den Anforderungen der Mustertafel der Bundesdruckerei. Das Wort *Mustertafel* hörte ich dort das erste Mal. «Gehen Sie zu einem Fotografen!», rief sie mir noch hinterher, bevor ich ihre Bürotür krachend ins Schloss fallen ließ. Ja, ja, die Mustertafel, seufzte der Fotograf, der sich direkt gegenüber der Meldebehörde angesiedelt hatte. Er drückte ein paarmal auf den Auslöser und nahm mir dreißig Euro ab. Die Bilder kamen eine Woche später mit der Post. Darauf war ein Mann zu sehen, den ich nicht kannte. Der Mann war mit Sicherheit, das sah ich sofort, ein Bankräuber oder ein Serienmörder. Vielleicht auch ein Terrorist. Ich dachte, das muss ich der Polizei melden. Vorher rief ich noch den Fotografen an, um ihn vor diesem Schwerverbrecher zu warnen und um ihn zu bitten, mir die richtigen Fotos zu schicken. Der Fotograf sagte, das seien die richtigen Fotos. Er habe außer mir in letzter Zeit nur Frauen und Kinder fotografiert. Ich schwieg. Dann sagte ich, dass selbst meine Oma bessere Fotos machen könne, und dazu noch umsonst. «Na, dann gehen Sie doch zu der», pampte der Fotograf zurück und legte auf. Es hat ein paar Tage Abstand gebraucht, bis ich zu einer Freundin von Fräulein Schröder ging, die Fotografin ist. «Ja, ja, die Mustertafel», seufzte die Freundin und nahm mir die Basecap ab. Sie richtete meinen Kopf gerade und nahm meine Brille an sich. Sie griff mit der Hand in einen Geltopf und kleisterte mir die Haare nach hinten. Sie schob mich vor einen grauen Hintergrund. Sie sagte, ich dürfe auf keinen Fall lächeln, ich solle nur geradeaus schauen, ganz neutral. Und so starrte ich in eine gleißende Helligkeit und sah nichts als verschwommene Schemen. Meine Kopfhaut kribbelte von dem Gel, aber ich wagte es nicht, auch nur die Hand zu heben. Ich sagte mir, sei ein Stein, sei ein Stück Holz, sei ein Salzfass auf dem Frühstückstisch. Sie sagte, ich solle mich entspannen. Ich sagte: «Lieber nicht.» Dann drückte sie ab, Blitzlichter flammten auf und meine Augen begannen wieder zu tränen. Wie die Fotos geworden sind? Die Fotos zeigten einen angegrauten Mafioso mit zurück-gegeltem Haar und einem Blick, der jeden Panzerschrank durchbohren könnte, einem Blick wie ein Laserstrahl.

Sieh dir das an, sagte ich zu Fräulein Schröder, das hat deine Freundin aus mir gemacht. «Wow», sagte sie, «da siehst du ja mal toll aus.»

Nelson Goodman schreibt in seinem berühmten Buch *Sprachen der Kunst*: «Die naivste Auffassung von Repräsen-tation könnte man vielleicht folgendermaßen charakteri-sieren: ‹A repräsentiert B dann, und nur dann, wenn A B deutlich ähnlich ist.›» Naiv. Aha. Na schön. Wenn Good-man recht hat, ist es natürlich völlig okay, wenn ich durch einen gelackten Mafioso repräsentiert werde. Im Grunde könnte ich gleich ein Bild von George Clooney nehmen. Aber haben auch die Zöllner Goodman gelesen? Ist ja auch egal. Die werden in Zukunft sowieso nicht mehr entscheiden, wer eine Grenze übertritt und wer schön bleibt, wo er ist. Das macht fortan ein Gesichtsscanner, ein Netzhautleser, ein Fingerabdruckvergleicher, irgendeine elektronische Maschine eben, die biometrische Daten einliest. «Wenn das so weitergeht», sagte ich zu Fräulein Schröder, «dann werden wir demnächst überhaupt keine Fotos mehr in unserem Pass haben! Ja, wir werden sogar überhaupt keinen Pass mehr haben! Wir werden uns an der Grenze einfach ein Haar ausrupfen oder in ein Töpfchen spucken und Haar oder Speichel in einen DNA-Entzifferer schieben.» Fräulein Schröder stand vor dem Spiegel, zog sich die Augenbrauen nach und schien mir nicht zuzuhören. «Der Fortschritt sieht so aus, dass wir durch ein Fitzelchen Genmaterial repräsentiert werden, ein Haar, ein Tropfen Blut, eine Hautschuppe!» Sie drehte ihren Lippenstift heraus und rötete sich sorgfältig ihren Mund. «Wir werden nur noch ein Code sein, eine Nummer, eine Chiffre aus verschwurbelten Chromosomen!» Sie aber steckte sich ungerührt die Haare hoch, und ein wohlgefälliges Lächeln huschte über ihr Gesicht, als sie das Ergebnis betrachtete. «Sag mal, hörst du mir eigentlich zu?», fragte ich aufgebracht. «Und für wen machst du dich überhaupt so schön?» «Mein Lieber, ich höre dir zu. Ich höre dir immer zu. Aber jetzt habe ich ein Rendezvous mit jemandem, der sehr genau hinschaut.» Ich musste schlucken. «Was soll das heißen, du hast ein Rendezvous?» Sie aber lächelte nur, hauchte mir einen Kuss auf die Wange und verließ die Wohnung in Richtung U-Bahn. Vorher musste ich ihr noch all mein Kleingeld geben.

Bad Vibrations

Ich kann mich nicht mehr genau erinnern, wann ich zu Fräulein Schröders Freundin Gudrun gesagt habe, dass sie bei uns jederzeit willkommen sei. Es ist ziemlich lange her, und wahrscheinlich war ich nicht mehr ganz nüchtern. Aber während ich selbst Dinge vergesse, die mir Fräulein Schröder erst am Tag zuvor eindringlich erläutert hat, gibt es andere, die merken sich sogar das belangsloseste Partygeplauder von vor zehn Jahren. Jedenfalls stand Gudrun letzte Woche vor der Tür und sagte: «Hallo, da bin ich endlich!» Und ich sagte: «Äh, ja, schön. Da bist du endlich.» Fräulein Schröder schob mich dann zur Seite, bat Gudrun in die Wohnung, hievte ihr die Koffer in die Diele und übernahm die Konversation. Ich habe nicht im Einzelnen verstanden, welchen Umständen genau wir Gudruns überraschenden Besuch zu verdanken hatten. Irgendeine geheimnisvolle Energie schien ihre Wohnung neuerdings zu durchfluten, weshalb sie da jetzt auf keinen Fall mehr bleiben konnte. Ursache war anscheinend ein neuer Nachbar. «Verschlossene Chakren», «miese Aura», «schlechtes Karma», hörte ich Gudrun flüstern. Ich wusste nicht, wovon sie da sprach. Wahrscheinlich ist sie verwirrt, dachte ich. Das soll es ja geben, geistige Umnachtung in relativ jungen Jahren. Wahrscheinlich erblich. Gudruns Vater war am Ende in der Klappsmühle gelandet, weil er sich für den Erzengel Gabriel gehalten und alle jungen Frauen, die ihm über den Weg liefen, zunächst mit dem Satz: «Fürchte dich nicht» begrüßt hatte, um ihnen dann zur bevorstehenden Niederkunft zu gratulieren. Die eigentlichen Probleme aber begannen am nächsten Morgen. «Ich geh mal eben Semmeln holen», brummelte ich noch nicht ganz wach in die Küche hinein, wo schon irgendwer mit dem Geschirr klapperte. «Nicht nötig», flötete Gudrun, «ich habe uns schon ein schönes Frühstück gemacht.» Ich musste dann einen Brei aus Vollwertgetreide essen und grünen Tee dazu trinken. Sie hatte das alles in ihren Koffern mitgebracht. Das sei sehr gesund. Nur so würde die Energie im Körper wirklich frei fließen können. Dass ich mir aber dann doch noch einen starken Kaffee kochte, zwei Scheiben Toast mit Nutella hinterherschob und sagte, meine Energie zöge ich eher aus Koffein und Zucker, hat sie, glaube ich, irgendwie persönlich genommen, denn sie sagte, «heute Abend koche ich uns was Gutes.» Abends gab es dann einen Gemüseauflauf mit gebackenem Tofu und einen Vortrag über die segensreichen Wirkungen der makrobiotischen Ernährungsweise. Das habe dann ich persönlich genommen und nach all dem Grünzeug gesagt, ich käme gleich wieder, ich würde nur noch mal eben zu Murat um die Ecke gehen und mir als Nachtisch einen Döner besorgen. Fräulein Schröder rollte mal wieder mit den Augen, und Gudrun zischte, dass sie nichts dagegen habe, wenn ich mich vergiften wolle. Bei

Murat traf ich dann Rupi, und weil wir uns schon so lange nicht mehr gesehen hatten, sind wir noch kurz in Ritschis Kneipe und haben ein Bierchen gezischt. Nach Mitternacht war ich wieder zu Hause und hörte aus dem Gästezimmer ein seltsames, rhythmisches Summen. Ich weiß, ich hätte das nicht tun dürfen. Es gehört sich nicht. Es ist unentschuldbar. Aber meine Neugierde war eben stärker, und so bückte ich mich und lugte durch das Schlüsselloch und sah Gudrun auf dem Boden im Lotussitz, die Arme leicht angehoben, die Hände angewinkelt, die Fingerspitzen einander berührend. Sie hielt die Augen geschlossen und summte ein gedehntes «Ommm». Dass sie sich gerade in einem Zustand höchster Erleuchtung befunden haben muss und über besondere seherische Kräfte verfügte, erkannte ich daran, dass sie plötzlich die Augen aufschlug und in Richtung Tür rief: «Hallo, ist da wer?» Beinahe wäre ich vor Schreck hintenübergefallen. Ich wankte zurück, fing mich jedoch, wenngleich ein stechender Schmerz mir derart ins Kreuz fuhr, dass ich fast auf die Knie gesunken wäre. Mit zusammengebissenen Zähnen schleppte ich mich ins Wohnzimmer und sank auf die Couch. Es war eine fürchterliche Nacht. Als ich am nächsten Morgen nicht zum Frühstück kam, klopfte es sacht an der Tür, und Fräulein Schröder steckte den Kopf herein. «Dinkelbrei und grüner Tee warten schon auf dich, mein Lieber.» Wie soll ich nur dieses Feixen beschreiben? Immerhin versuchte sie wenigstens Mitleid zu heucheln, als ich ihr daraufhin in düstersten Farben meine Kreuzschmerzen beschrieb. «Vielleicht kann dir ja Gudrun helfen», schlug sie grinsend vor, «die ist Expertin in diesen fernöstlichen Massagen und in Akupunktur.» Tja und dann geschah das Wunder. Meine Rückenschmerzen waren wie weggeblasen. Zack. Einfach weg, von einer Sekunde auf die andere. Ich sprang auf, ging ins Bad, trällerte ein Liedchen unter der Dusche, ging dann Semmeln holen und machte mir ein schönes Frühstück mit Eiern und Schinken und Marmelade und Kaffee, und die positivste

Energie durchströmte meinen Körper von den Haarspitzen bis in die Zehen. Gudrun sah ich an diesem Tag nicht mehr. Doch der süßliche Geruch von Räucherstäbchen, der aus unserem Gästezimmer drang, und die Katzenjammertöne, die sie ihrer Sitar zu entlocken wusste, bewiesen, dass sie noch da war. Tags drauf aber war es so weit. Fräulein Schröder kam zu mir und setzte mich davon in Kenntnis, dass Gudrun ein günstiges Pensionszimmer für die Übergangszeit gefunden habe. Dort wolle sie einziehen, weil sie doch spüre, dass gewisse unharmonische Schwingungen von mir ausgingen. Als das Taxi da war, erbot ich mich immerhin, ihr die Koffer nach unten zu tragen. Das war ein Fehler, denn dem Gewicht nach zu urteilen, hatte sie die Körnerration für mindestens ein Jahr dabei. Vielleicht hätte ich ihr auch nicht nachwinken sollen, denn als ich die Hand zum Abschied hob, fuhr mir mit Karacho wieder der Blitz ins Kreuz, und hätte mich Fräulein Schröder nicht gestützt, ich weiß gar nicht, wie ich zum Arzt gekommen wäre, um mir eine schöne, große Spritze verpassen zu lassen.

Fünf Minuten

Das ganze Drama hat damit angefangen, dass irgendein Artgenosse am Ufer eines Flusses saß und fünf Minuten zu viel Zeit hatte. In diesen fünf Minuten stellte er fest, dass er am Ufer eines Flusses sitzt und fünf Minuten Zeit hat. Reflexion nennt sich das. Der Artgenosse schaute nicht wie sonst auf die Umgebung, auf die Sonne über ihm, auf den Fluss und die Fische darin, auf den Baum am Ufer, die Vögel auf dessen Ästen. Er schaute auf sich selbst. Und als die fünf Minuten um waren, tat er etwas, was er zuvor noch nie getan hatte, er nahm zwei Steine, die da sinnlos herumlagen, schlug sie aufeinander und spaltete mit dem einen der Steine, dem, der durch das Aneinanderschlagen schärfer und spitzer geworden war, einem aus heiterem Himmel durchs Dickicht brechenden Wildschwein den Schädel. Das war der Anfang der Technik, der Anfang der Wissenschaft, der Anfang der Religion und also auch der Anfang der Umweltverschmutzung, der Anfang der Überbevölkerung und der Anfang der Kriege, in einem Wort: der Anfang der Zivilisation. Pompöser gesagt: Das war die Geburt der Zivilisation aus dem Geiste der Langeweile.

Diese überaus originelle Theorie von der Genese unserer Kultur und ihrer Schrecknisse trug ich Fräulein Schröder vor einigen Tagen vor, während ich verzweifelt versuchte, eine Kasserolle, in der ein Schweinsbraten intensiv geschmort hatte, mithilfe von allerlei Instrumenten – ich nenne eine Spülbürste, einen Putzschwamm, ein Stück Stahlwolle, einen Malerspachtel und ein Stemmeisen – von eingebrannten Fett- und Fleischresten zu reinigen. Fräulein Schröder sagte daraufhin sehr scharfsinnig: «Wenn es diese fünf Minuten nicht gegeben hätte, müsstest du die Kasserolle jetzt mit den bloßen Händen reinigen.» Ich erwiderte noch viel scharfsinniger:

«Wenn es diese fünf Minuten nicht gegeben hätte, gäbe es gar keine Kasserolle.» Die Frage, ob es überhaupt einen Schweinsbraten gegeben hätte, erörterten wir dann nicht mehr.

Oswald Spengler – das ist der, der ein dickes Buch geschrieben hat, dessen Titel alle kennen, niemand aber dessen Inhalt –, Spengler also, der Autor von «Der Untergang des Abendlandes», schreibt auf einer von mir ganz willkürlich herausgegriffenen Seite: «*Der ursprüngliche Mensch ist ein schweifendes Tier, ein Dasein, dessen Wachsein sich ruhelos durch das Leben tastet, ganz Mikrokosmos, ortsfrei und heimatlos, mit scharfen und ängstlichen Sinnen, immer darauf bedacht, der feindlichen Natur etwas abzujagen ...*» Als ich das las, ein Städter, ein abgestumpftes Produkt der Industriegesellschaft, Rädchen im großen Getriebe, winzigstes Teilchen der Masse Mensch, wurde mir schlagartig klar, was ich seit Langem schon vermisste: dass ich zurück zu den Wurzeln müsste, dass ich endlich wieder ein schweifendes Tier sein wollte.

«Ich will ein schweifendes Tier sein», sagte ich zu Fräulein Schröder, als wir auf dem Rückweg von einem sogenannten Stadtbummel in einer vollgestopften U-Bahn standen. Der Bummel war aber gar kein Bummel gewesen, sondern ein einziges Geschiebe und Gedränge, ein Kampf um freie Bahn und Atemluft. Die Leute in der U-Bahn guckten mich skeptisch an und rückten von mir ab. Vielleicht fürchteten Sie, dass ich ihnen gleich in die Kehle beißen oder mit meinen Klauen das Kinn kraulen würde. Vielleicht dachten sie auch, der Typ ist bestimmt plemplem, und eventuell ist Wahnsinn ja ansteckend. Fräulein Schröder aber zeigte mir in aller Öffentlichkeit einen Vogel.

Auf dem Weg von der U-Bahn nach Hause erläuterte ich ihr dann meinen Plan, wie ich und auch sie selbst wieder zu ursprünglichen Menschen werden könnten. Ich sagte: «Als Erstes müssen wir die Stadt verlassen, diesen organisierten Irrsinn, diesen Moloch, diese zum Untergang verdammte Menschenmaschine. Ich habe schon mit Paul gesprochen. Wir können auf sein Grundstück im Allgäu.» «Ich versteh nicht ganz. Was soll das heißen: ‹Wir können auf sein Grundstück im Allgäu›?», wollte Fräulein Schröder wissen und blieb stehen. «Na ja, wir räumen die Wohnung», sagte ich, «lagern das ganze Zeug irgendwo ein und leben in der Natur. Draußen eben. Unter den Sternen. Mit den anderen Tieren. Dort, wo wir vor hunderttausend Jahren hergekommen sind. Das steckt noch in uns. Ich fühle das. Zwar verschüttet, aber es ist noch da. Ich habe uns schon für den Anfang ein Zelt besorgt.» «Und wovon sollen wir da leben, wenn ich fragen darf?» Fräulein Schröder, ich

merkte das an ihrem Tonfall, war noch nicht wirklich über-
zeugt. «Vom Jagen und Sammeln selbstverständlich. Ich
habe meine alte Angelrute und mein Pfadfinderhandbuch
im Keller entdeckt. Ich hab mir auch schon ein paar Bücher
von diesem Survival-Typ bestellt, du weißt schon, dem mit
den Insekten.»

Darauf sagte Fräulein Schröder überhaupt rein gar nichts
mehr. Sie schwieg den Weg bis nach Hause, und sie schwieg
den Rest des Tages. Während der Tagesschau dann – und
das liebe ich gar nicht – fing sie plötzlich an, irgendwie
herumzukramen und herumzurascheln und so unruhig mit
irgendwelchen Kartons hin und her zu gehen. Ich musste
sogar den Ton lauter stellen. «Sag mal, was machst du denn
da eigentlich dauernd, man versteht ja sein eigenes Wort
kaum», beschwerte ich mich. «Ich packe», sagte sie. «Was
heißt das, du packst?» Auf dem Bildschirm wurde eine
Landkarte von Süddeutschland eingeblendet. «Ich habe
nachgedacht, und ich finde, du hast recht. Wir ziehen auf
diese Wiese. Ich will auch ein schweifendes Tier werden.»
Der Nachrichtensprecher klang besorgt. Im Südwesten
habe es Überschwemmungen gegeben. Iller und Wertach
seien im Oberlauf über die Ufer getreten. «Aber wir sollten»
– Die Feuerwehr hievte gerade eine ältere Frau aus einem
Fenster des ersten Stocks ihres Wohnhauses –, «wir sollten»,
sagte ich, «die Dinge natürlich auf keinen Fall überstürzen.
So ein Umzug will ja gut überlegt sein.» Das technische
Hilfswerk pumpte Keller an einer Uferpromenade aus.
«Ganz deiner Meinung», erwiderte Fräulein Schröder. Um
ihre Lippen spielte ein spöttischer Zug. «Zum Beispiel soll-

test du Paul mal vorher fragen, ob wir seine Wiese auch umgraben dürfen.» Im Fernsehen war von irgendwelchen Hagelschäden die Rede. Von Ernteausfällen. Der Reporter vor Ort hielt einen Regenschirm in der Hand, an dem der Wind kräftig zauste. «Warum sollen wir denn Pauls Wiese umgraben wollen?» Ich war irritiert. «Na, weil wir etwas zu essen brauchen. Kartoffeln, Möhren, Bohnen und so was. Könnte ja sein, dass die Fische nicht beißen und die Pilze nicht sprießen.» Der Regenschirm des Reporters flog weg. Der Regen peitschte ihm von der Seite ins Gesicht. «Wir könnten in solchen Fällen doch auch … wir könnten in ein Gasthaus gehen. Wir könnten da zum Beispiel Spätzle essen. Die hatte ich schon lange nicht mehr. Und wir hätten dann auch nicht diese ganze Arbeit.» Ich spürte Fräulein Schröders durchdringenden Blick. «Willst du nun in die Natur zurück, oder willst du bloß ein bisschen campen? Willst du jagen und sammeln, oder willst du ein Hotel mit Vollpension?» Im Fernseher sah man durchnässte Gestalten in Gummistiefeln, die bergeweise Schlamm aus ihren Häusern schaufelten. Es kostete mich einige Mühe, wirklich glaubhaft zu machen, dass ich nichts lieber täte, als am besten gestern schon unter freiem Himmel zu schlafen, als die Grillen zirpen zu hören, die Mäuse durchs Gras rascheln, den Regen auf die Zeltbahn trommeln. Aber Fräulein Schröder trug schon wieder den nächsten Karton irgendwohin. Den eigentlichen Wetterbericht habe ich dann verpasst, weil es zu dieser äußerst ungewöhnlichen Stunde an der Wohnungstür schellte. Ich konnte die Person zunächst nicht erkennen. Sie hatte die Kapuze tief ins Gesicht gezogen. Sie stand inmitten einer Lache. An den Gummistiefeln klebte der Lehm. «Servus», sagte die Person und ließ ihren Rucksack auf den Boden plumpsen, «i bin's.» Paul blieb dann ungefähr zwei Monate, weil es einen Teil seines Hauses weggeschwemmt hatte und seine schöne Wiese nun ein See war.

Zwei rechts, zwei links

Wie Sie, liebe Leserin, lieber Leser, ja inzwischen bemerkt haben dürften, ist Fräulein Schröder die Stütze meines Alltags, mein guter Geist, meine Muse und der Trost meiner verrinnenden Tage. Wenn ich nicht mehr weiterweiß, kommt Fräulein Schröder hereingeschwebt, sanftmütige, ratgebende und – wenn es denn sein muss – sogar opferbereite Dea ex Machina in all den kleinen oder auch größeren Tragödien, die sich in meinem Leben so zutragen. Gäbe es sie nicht, wo wäre ich dann? Wie könnte ich es also wagen, sie zu verstimmen? Sie gar zu verletzen? Wie könnte ich auch nur den Bruchteil einer Sekunde daran denken, ihr einen Wunsch, wie hauchzart er auch immer auf ihrer Stirn aufscheinen möge, nicht erfüllen zu wollen? Eben! Sie werden mithin verstehen, in welcher Lage ich mich befand, als sie mir zum Geburtstag einen neuen Pullover schenkte. Ich meine, es war schon in Ordnung, dass sie mir etwas schenkte. Zu Geburtstagen tut man das. Es ist eine Geste. Ich wäre eventuell sogar irritiert gewesen, wenn sie mir in der Früh bloß «herzlichen Glückwunsch» zugemurmelt, sich aber ansonsten weiter ihre Zähne geputzt hätte. Nicht, dass ich mir aus Geschenken groß etwas mache. Ich habe alles. Ich brauche nichts. Außer vielleicht ein paar Bücher, ein paar CDs und – irgendwann – einen Porsche. Und Kleidung habe ich erst recht. Manchmal spiele ich sogar den Fall durch, was wäre, wenn ich mir fortan nicht ein einziges Kleidungsstück mehr kaufte. Würde ich dann mit meinen gegenwärtigen Klamotten noch bis an mein Lebensende auskommen? Hätte ich dann noch einen einigermaßen präsentablen Anzug, in dem man mich beerdigen könnte? Um nicht missverstanden zu werden, es ist mir nicht gleichgültig, wie ich rumlaufe. Selbst abgetragene Kleidung hat schließlich ihren «Style». Niemals würde ich etwa in einem Pullover herumlaufen, auf dem – nur so als Beispiel – zwei Kaninchen prangen. Unter keinen Umständen. Fräulein Schröders Pullover, den sie mir schenkte, war selbst gestrickt. Sie hatte ihn heimlich an langen Winterabenden und in mühevoller Kleinarbeit Masche um Masche mit ihren eigenen Händen hergestellt. Sie hatte ihr Herzblut hineingewoben. Das konnte man sehen. Allein, es prangten zwei Kaninchen auf der Vorderseite. Zwei weiße Kaninchen. Und der Rest war lila. Fräulein Schröder sprach später von «aubergine». Sie habe gefunden, sagte sie, während ich die Schleife aufnestelte, das Einschlagpapier auseinanderfaltete und den Blick nicht mehr von diesen beiden Kaninchen abwenden konnte – ich bin sicher, mein Mund stand offen –, sie habe gefunden, dass ich mich mal etwas «flotter» kleiden sollte. Nicht immer so grau. Nicht immer so schwarz. Ich liefe ja tagein und tagaus wie ein evangelischer Pfarrer am Buß- und Bettag herum. Sie sagte, ich solle den Pullover doch einmal überziehen. Sie wolle sehen, ob er passe. Was ist Liebe? Das ist eine ziemlich schwierige Frage, nicht wahr. Ich habe den Pullover wirklich anprobiert. Ich habe ihn mir über den Kopf gezogen, meine Hände haben sich einen Weg durch die Ärmel gebahnt, und ich habe den ungeheuren Juckreiz, der mich wie aus heiterem Himmel am ganzen Leib heimsuchte, nicht weiter erwähnt. Ich habe mich sogar vor den Spiegel gestellt, obwohl ich längst wusste, dass dieser Pullover niemals — jetzt nicht und in hundert Jahren nicht — passen würde, ganz gleich, wie er geformt wäre. Da stand ich also in meinem flotten Pullover und hasste mich, weil ich so feige war, so rücksichtsvoll. «Der sitzt ja wie angegossen», strahlte Fräulein Schröder. Ich murmelte: «Ja, er sitzt wie angegossen.» Ich habe den Pullover dann sorgsam wieder eingepackt und gesagt, dass ein solch besonderer Pullover natürlich auch nur ein Pullover für außerordentlich besondere Anlässe sein könne. Für den Alltag sei ein solcher Pullover ja viel zu schade. Ich spürte Fräulein Schröders prüfenden Blick. Ich dachte, kein Anlass würde je so besonders sein, dass ich einen lila Karnickelpullover dazu tragen müsste. Selbst als Faschingskostüm würde ich ihn nicht verwenden können. Aber da hatte ich mich getäuscht. Gudruns Einladung zum Abendessen (Tofu?) lag zwei oder drei Wochen später auf unserem Küchentisch. Fräulein Schröder war ganz entzückt. «Da kannst du ja endlich mal deinen neuen Pullover tragen! Gudrun will den doch unbedingt sehen. Sie strickt doch selbst so gern.» Nichts gegen Gudrun. Nichts gegen Tofu. Aber man wird verstehen, dass ich an diesem Abend von einem äußerst bösartigen Magen-Darm-Virus atta-

ckiert wurde und dass es ganz unverantwortlich gewesen
wäre – auch und gerade gegenüber den anderen Gästen –,
sich in diesem Zustand aus dem Haus zu begeben. Nimm
den Pullover doch ohne mich mit, schlug ich vor und legte
mir eine Wärmflasche auf den Bauch. «Ach, das ist doch
nicht dasselbe», fand sie und ließ ihr Meisterwerk bei mir
zurück. Ein paar Tage später kam eine Karte von Sabine

und Stefan. Danach würden sie sich angeblich freuen, wenn wir zur Einweihung ihrer neuen Wohnung kämen. Fräulein Schröder war ganz beschwingt. «Da kannst du ja mal endlich deinen neuen Pullover anziehen», frohlockte sie, «Sabine ist schon ganz neugierig. Ich soll die Strickanleitung mitbringen. Stefan ist ja auch so ein Farbmuffel.» Ich hatte eine Vision von zwei sehr schweigsamen Gestalten mit einem Glas Sekt in der Hand, in ihren lila Kaninchen-Pullovern gemeinsam auf einem Sofa sitzend. Es gibt Momente im Leben eines Mannes, da muss er sich entscheiden. Und wenn er sich entschieden hat, muss er handeln. Ich entschied mich für 90 Grad Celsius, also auch für rosa Bettwäsche, rosa Handtücher und rosa Unterhosen. Egal. Wen interessiert das schon. Den Kaninchen-Pullover trägt jetzt Fräulein Schröders siebenjährige Nichte Alma. Alma findet die filzigen Kaninchen «sooo süß». Schön, nicht. Und Almas Bruder Karlchen bekommt demnächst auch einen. Einen gelben mit zwei braunen Affen drauf. Karlchen weiß noch nichts davon und Fräulein Schröder auch nicht, denn noch wird der Pullover in Größe 52 gestrickt. Aber ich krieg das schon hin.

Wetterbericht

Zu den unzerstörbaren Mythen des Alltags gehört ja: Im Norden regnet es, im Süden scheint die Sonne. Am Himmel und auch sonst. Ende der Diskussion. Dennoch neigen die Norddeutschen dazu – und ich bin zufällig einer –, das zu bestreiten. Sie sagen: stimmt ja gar nicht, ich hab die Statistik zufällig bei mir. Und dann falten sie haufenweise irgendwelche Zettel mit Tabellen und Diagrammen von Sonnenstunden, Niederschlagsmengen, Temperaturwerten zu verschiedenen Tages- und Jahreszeiten und so weiter auseinander. Schließlich erzählen sie einem noch gerne, dass es vor zwölf Jahren auf Amrum in ihrem Sommerurlaub nur ein einziges Mal nur ein bisschen bedeckt gewesen sei – sonntags. Aber das machen sie nur, wenn sie einem Süddeutschen begegnen. Wenn sie unter sich sind, sagen sie: «Es gibt kein schlechtes Wetter, es gibt nur falsche Kleidung», und zwingen ihre Kinder mit gelben Öljacken und ebensolchen Gummistiefeln nach draußen in den peitschenden Nordwest. Seit ich groß bin und in München wohne, besitze ich kein Ölzeug mehr, weswegen ich hier dann gegebenenfalls einfach klitschnass werde, dabei aber denke, dass das, wenn überhaupt, nur mit dem Klimawandel zu tun haben kann. Weil, Regen gibt's hier ja eigentlich gar nicht, Regen ist hier ja immer nur Pech. In Hamburg oder Bremen, tja, da ist das natürlich alles ganz anders: Regen ist der Standard, und Sonne ist Glück. So kommt es, dass ich in Bayern selbst dann mit dem Wetter zufrieden bin, wenn es aus Eimern gießt. Kann ja nicht lange dauern. Wenn ich aber auf dem Deich stehe und kein Wölkchen ist am Himmel, die Sonne scheint und das Meer glitzert so schön, dass ich es kaum fassen kann, dann denke ich trotzdem an das Unwetter, das in seiner Tücke bestimmt hinter der nächstgelegenen Insel lauert. Es ist da. Immer. Ich weiß es. Es ist in meinem Kopf.

Seit dreizehn Jahren fahren Fräulein Schröder und ich Sommer für Sommer nach Italien. Fräulein Schröder liebt Italien. Fräulein Schröder kocht italienisch. Fräulein Schröder spricht Italienisch. Ich spreche bestenfalls Plattdeutsch. Seit dreizehn Jahren fahren wir nach Elba, weil unser Freund Didi dort ein Haus hat, das er uns günstig vermietet. Ich kenne Napoleons Elba-Residenz inzwischen in- und auswendig. Ich könnte im Schlaf einen Grundriss zeichnen. Den schiefen Turm von Pisa kenne ich auch auswendig, weil der auf dem Weg nach Elba liegt. Ich besitze inzwischen sieben geflochtene Ledergürtel, die ich mir von afrikanischen Straßenhändlern in Pisa habe aufschwatzen lassen, weil ich für den Weltfrieden und globale Völkerverständigung bin. Und weil ich für Imitate von Gucci-Brillen keine Verwendung habe. Fräulein Schröder hat Verwendung dafür. Die genaue Anzahl ihrer Imitat-Sonnenbrillen kenne ich nicht. Jedenfalls fand ich, dass es nun mal genug sei mit dem ewigen Italien. Die Entscheidung über den Urlaubsort ist rein beziehungstechnisch ja auch eine Machtfrage. Und mein Beziehungs-Machtkonto, so sehe ich das, ist in den letzten Jahren irgendwie deutlich ins Minus gerutscht. Das sagte ich Fräulein Schröder auch dem Sinne nach. Ich sagte zu ihr, als das Gespräch darauf kam, dass ich mir sehr gut vorstellen könnte, den kommenden Sommer mal an der Nordsee zu verbringen, ich sagte: «Langeoog, Spiekeroog, Wangerooge! Das wär doch mal was!» Das seien ganz tolle Inseln! Fräulein Schröder fragte, ob ich schlecht geträumt habe. Sie sagte: «Ich fahre nicht in den Regen!» Ich sagte: «Das mit dem Regen, das stimmt gar nicht!» Sie sagte: «Doch, das stimmt!» Aber ich war vorbereitet und legte ihr die Statistiken vor. Wussten Sie eigentlich, dass, nur so als Beispiel, die mittlere Jahresniederschlagsmenge zwischen 1961 und 1990 auf Helgoland bei 718,6 mm liegt, in München aber bei 974 mm? Im Juli regnet es in München sogar im Schnitt 114,5 mm, auf Helgoland aber nur 58,7 mm! Fräulein Schröder sagte, das sei samt und sonders irrelevant. Wetter sei eine Gefühlssache. Ich sagte: «Wetter ist eine Sache der Fakten, eine Sache des Luftdrucks, der Windgeschwindigkeit, der Temperatur, der Sonnenscheindauer und der Niederschlagsmenge.» Das könne sie alles im Internet recherchieren. Der Deutsche Wetterdienst habe da wirklich fabelhafte Daten. Fräulein Schröder sagte gar nichts mehr und machte sich wortlos einen Latte macchiato. Ich kochte mir einen Tee. Ostfriesische Mischung.

Wissen Sie, es ist ja im Allgemeinen schon eine sehr schöne Fügung des Schicksals, wenn man einen intelligenten Partner hat. Man kann anregende Gespräche führen, man lernt etwas von dem anderen. Und wenn der Partner oder, genauer gesagt, die Partnerin sogar Fremdsprachen spricht, dann ist das auch sehr praktisch. Man ist, wenn man ins Ausland fährt, den Einheimischen und ihren lustigen Gebräuchen nicht so hilflos ausgeliefert. Manchmal aber, manchmal wünscht man sich doch – ich gebe hier einen ziemlich heimlichen Gedanken preis – jemanden, der einfach nur hübsch, nett und anschmiegsam ist, keinesfalls aber jemanden, der sich eigene Gedanken zu den Dingen macht. Fräulein Schröder macht sich laufend eigene Gedanken. Sie liebt eigene Gedanken. Sie lässt sich kein X für ein U vormachen. «Hier, mein Lieber», sagte sie gestern und warf mir einen Stapel Papiere des Wetterdienstes auf den Küchentisch. Danach lag die Tagesmitteltemperatur im Juli auf Sylt bei 15,7 °Celsius, auf Korsika, wohin man von Elba aus quasi schwimmen kann, dagegen bei 22,3 °Celsius. Die mittlere Niederschlagsmenge liegt dort im selben Monat bei 11 mm. Auf Sylt sind es 62 mm. Die Sonnenscheindauer beträgt auf Sylt im Juli 7,4 Stunden, auf Korsika 11,8. Und die Daten zur Wassertemperatur verschweige ich hier mal lieber gleich ganz. Ich habe mir fest vorgenommen, diesmal keinen Gürtel zu kaufen. Vielleicht finde ich ja eine passende Sonnenbrille.

Äpfel und Birnen

Was demselben gleich ist, ist auch einander gleich. Dieser höchst einleuchtende Satz ist mindestens 2300 Jahre alt, stammt von Euklid und ist das erste Axiom seiner *Elemente*, dieses bedeutendsten Mathematikbuchs der antiken Welt, geistiger Meilenstein bis zum heutigen Tag. Nur um den Inhalt dieses Satzes mal in den Niederungen des Konkreten zu veranschaulichen: Wenn dieser Apfel hier in meiner Hand dem Apfel dort in der Obstschale gleich ist und wenn der andere Apfel dort in Fräulein Schröders Hand demselben Apfel in der Obstschale ebenfalls gleich ist, dann kann es ja gar nicht anders sein, als dass der Schröder'sche Apfel auch meinem Apfel gleich ist. Das hätte ich jedenfalls erst mal so angenommen. Kluger Mann, dieser Euklid, hätte ich gedacht. Hut ab, hätte ich gedacht. Respekt, hätte ich gedacht. Aber manchmal sind ja die Dinge, die einem klar und klug erscheinen, dann doch unerfreulich komplizierter. Zum Beispiel Weihnachten. Weihnachten ist das Fest der Geburt Jesu Christi, das Fest der Liebe, das Fest der inneren Einkehr, das Fest, das mich regelmäßig zur Verzweiflung treibt. Jedes Jahr muss ich Fräulein Schröder etwas schenken, und jedes Jahr weiß ich nicht, was.

Was schenkst du ihr, was schenkst du ihr?
Ein Holz? Einen Stein? Ein Stück Papier?

Ich summe diesen Schwachsinn so etwa ab Anfang November jeden Morgen beim Rasieren vor mich hin und abends auch beim Zähneputzen. Helfen tut's leider nie. Selbst dann nicht, wenn ich «ein Stück Papier» durch «ein Murmeltier», «ein Grenadier», «ein schön Klavier» oder «ein wildes Stier» ersetze. Wird nur schlimmer. Ich mache daher immer Folgendes: Ich schlage ihr so um Sankt Nikolaus herum einen Schaufensterbummel vor. Einfach mal so. So völlig unverbindlich. So rein aus Informationsgründen. Einfach mal sehen, was es alles so gibt. Sie zögert da nie. «Super», sagt sie. «Das haben wir ja lange nicht mehr gemacht. Das wollte ich sowieso mal wieder tun. Schöner Vorschlag, den du da hast. Wie kommst du nur darauf?» Ich sage dann: «Och, nur so. Ist mir, ich weiß auch gar nicht warum, eben so eingefallen.» Wir bummeln dann sonntags bei eisigem Wind und feuchtem Wetter durch die Fußgängerzone und drücken uns an den Schaufensterscheiben die Nase platt. Also Fräulein Schröder drückt sie sich platt. Ich bleibe eher auf Abstand und versuche an ihrem Mienenspiel zu erkennen, was ihr wohl gefallen könnte. Das geht nicht immer gut. Der Lockenstab etwa von vor drei Jahren war ein Fehlschlag. Sie habe auf das Porzellanengelchen in der Deko geschaut, hat sie später behauptet. Was sie denn mit einem Lockenstab solle. Sie habe ja schon Locken. Und überhaupt: einen Lockenstab! Und auch noch zu Weihnachten! Seitdem bevorzuge ich Schaufenster mit eindeutigeren Auslagen. Dieses

Jahr blieb Fräulein Schröder zu meinem Glück bemerkens-
wert lange vor dem Fenster eines hiesigen Uhrengeschäfts
stehen, zeigte auf eine bestimmte Uhr und sagte, diese Uhr
da in der letzten Reihe, die sei ja besonders schön, mit
ihrem so klaren Ziffernblatt, ihrer schlichten eckigen Form,
ihrem schwarzen ledernen Armband. Ich war mir da zwar
nicht so sicher, aber in Stilfragen halte ich mich, nach eini-

germaßen leidvollen Erfahrungen, strikt an Fräulein Schröders Urteil. Eine wirklich wunderbare Uhr sei das, bestätigte ich, eine ganz außergewöhnlich schöne Uhr, diese klaren Linien, diese reduzierte Form, Titan sei ja ohnehin ein fabelhaftes Material. Am Montag darauf war ich in diesem Geschäft, und mein Weihnachtsproblem hatte sich erledigt. Sie wollen wissen, wie unser Heiligabend aussah? Sie wollen wissen, wie Fräulein Schröder mein Geschenk fand? Nun, der Heiligabend folgte dem erprobten Ritual. Der Baum musste geschmückt, der Truthahn ins Rohr geschoben, letzte Einkäufe mussten erledigt werden. Wir gingen zur Messe, aßen bei Kerzenschein, tranken einen Burgunder und auf dem Plattenspieler drehten sich knisternd die Brandenburgischen Konzerte. Schließlich die Bescherung. Wir saßen auf dem Sofa, Fräulein Schröder gab mir ihr Geschenk und ich ihr meins, und jeder für sich nestelte die Schleife auf, löste die Tesastreifen und entfernte das Papier. Ihr Papier war rot, meines war blau. Wie soll ich sagen. Einen Moment lang glaubte ich an Zauberei. Ich fragte mich: Wie zum Teufel kommt die Uhr, die ich eben erst in rotes Papier gewickelt hatte, in das blaue Papier von Fräulein Schröder? Fräulein Schröder dürfte sich in diesem Moment eine ähnliche Frage gestellt haben. Dann hörte ich sie tonlos sagen: «Dies ist eine Herrenuhr.» Ich sagte: «Dies ist die Uhr, die du dir gewünscht hast.» Sie sagte: «Diese Uhr habe ich mir nicht gewünscht.» Ich sagte: «Du hast gesagt, dies sei eine besonders schöne Uhr. Du hast ihr klares Zifferblatt gelobt, ihre schlichte eckige Form, ihr schwarzes ledernes Armband.» Sie sagte: «Du hast ihre klaren Linien

bewundert, ihre reduzierte Form, ihr fabelhaftes Material.»
Über den Rest des Abends will ich lieber keine weiteren
Worte verlieren. Blieb die Frage, wer in das Uhrengeschäft
geht und dort welche der beiden Uhren umtauscht. «Ist mir
wurscht», sagte ich, «sind ja beide gleich.» «Das sind sie
nicht», sagte Fräulein Schröder. «Die Uhr, die du gekauft
hast, ist eine Herrenuhr, die du einer Frau geschenkt hast.
Die Uhr, die ich gekauft habe, ist eine Herrenuhr, die ich
einem Mann geschenkt habe. Also tauschst du deine, also
meine, Uhr um.» «Dann aber», sagte ich, «behalten wir eine
Uhr, die nicht ich mir für mich, sondern die du dir für mich
gewünscht hast. Das ist absurd.» «Sollen wir etwa eine Uhr
behalten», sagte Fräulein Schröder, «die du dir für mich gewünscht hast, weil ich sie für dich gewünscht habe, obwohl
du sie dir gar nicht gewünscht hast?» Ich denke, es war ein
Glücksfall für die Mathematik, dass Euklid Fräulein Schröder nicht gekannt hat.

Gephyrophobia

Der Mensch und seine Ängste gehören ja seit je zu meinen Lieblingsthemen. Dass ich beispielsweise natürliche Gewässer nicht so schätze, jedenfalls nicht, wenn man von mir verlangt, mich in diese hineinzubegeben, habe ich an anderer Stelle schon gestanden. Dass ich das beruhigend flache Land den schwindelerregenden Höhen der Berge vorziehe, ist auch keine Neuigkeit. Und dass ich in Aufzügen dank schlechter Erfahrungen gewisse Beklemmungen bekomme, dürfte eventuell ebenfalls noch in Erinnerung sein. Eine Kombination aus Wasser, Höhe und Enge ist also so ungefähr das, was ich am allerwenigsten gebrauchen kann. Diese wirklich fabelhafte Horrormischung bekommt man anlässlich sogenannter Brückeneinweihungen gratis. Brückeneinweihungen gehören somit für mich zu jener Art von Veranstaltungen, die gerne dort stattfinden können, wo ich nicht bin. Vorgestern war ich auf einer. Besser gesagt: Die Brückeneinweihung war bei mir.

Fräulein Schröder und ich saßen am Samstagabend auf dem Sofa vor dem Fernseher und chillten ein bisschen. Chillen sieht bei uns so aus, dass Fräulein Schröder die Fernbedienung auf den Fernseher richtet und im Sekundentakt den Kanal in der Hoffnung wechselt, dass auf einem der siebenundzwanzig Programme etwas Interessantes gesendet wird. Samstagabends freilich eine vergebliche Hoffnung. Wenn sie die siebenundzwanzig Programme durchgezappt hat, fängt sie wieder von vorne an, und so geht das dann immer weiter und immer weiter. Ich dagegen chille, indem ich mit geschlossenen Augen den Geräuschfetzen lausche, die im Sekundentakt dem Fernsehgerät entschallen, und indem ich versuche, daraus parallel siebenundzwanzig kohärente Fernsehbeiträge zu rekonstruieren. Das ist schlimmer, als mit fünf konkurrierenden Cheerleadergruppen blind Synchronschach zu spielen. Daher döse ich auch nach spätestens zwei Kanaldurchläufen weg. Irgendwann wurde ich durch ein heftiges Rütteln geweckt und Fräulein Schröder sagte eindringlich: «Sieh mal, wie süüüüß!» Ich habe dann erst in Trance meine Brille suchen müssen, die irgendwie zwischen die Sofapolster gerutscht war. Als ich sie endlich gefunden hatte, war der Bericht vorbei. Es schien um Erderwärmung, schmelzendes Polareis und Eskimos im Bikini zu gehen. Und um eine Flocke. Diese Flocke müsse man sich unbedingt ansehen. Fräulein Schröder war ganz aufgeregt. Die Eisbären würden ja bald aussterben. Nach und nach dämmerte mir, dass diese Flocke der Knut von Nürnberg war, dass ich das Auto zu checken hätte, dass ich am nächsten Tag würde früh aufstehen müssen und dass der Sonntag durch einen Ausflug in den Nürnberger Zoo bereichert werden würde. Wäre ich nicht so gechillt gewesen, ich hätte sicher deutlich mehr Widerstand geleistet. Also darüber, dass ich diese Flocke nicht gesehen habe, weil anscheinend das halbe Land ähnliche Fernsehgewohnheiten und Ideen wie Fräulein Schröder hat, darüber will ich nicht lamentieren. Ich will auch nicht darüber klagen, dass wir die Autobahn schon bald wegen Dauerstaus verlassen und auf die Landstraße ausweichen mussten. Ich will über mein Auto sprechen. Ich gebe zu, es ist weit davon entfernt, das aktuellste Modell seiner Art zu sein. Ich gebe ferner zu, dass ich es mit der Regelmäßigkeit der Inspektionen nicht übertrieben genau nehme. Wofür bin ich schließlich beim ADAC? Wir kurvten gemütlich durch die Lande Richtung Nürnberg, Peter Licht besang die gelben Augen seiner transsylvanischen Verwandten, der Wagen schnurrte und Fräulein Schröder schenkte mir heißen Kaffee aus der Thermoskanne ein. Dann schnurrte der Wagen nicht mehr, er röhrte vielmehr, schließlich rollte er nur noch, durchtrennte ein rot-weißes Absperrband und blieb stehen. Das musste ja so kommen, schnippte mich Fräulein Schröder von der Seite an. In dieser misslichen Lage erwies es sich als äußerst praktisch und durchaus auch als deeskalierend, dass die Telefonnummer des Automobilclubs bereits ab Werk in meinem Mobiltelefon eingespeichert war. Wir sollten uns auf etwa eine Stunde Wartezeit einrichten, sagte die freundliche Stimme von der Zentrale. Fräulein Schröder schlug die Beifahrertür heftig hinter sich zu. Ich stieg auch aus, schaute mich um und stieg sofort wieder ein. Ich fühlte meinen Puls, ich legte mir die Hand auf die Stirn. Ich suchte im Handschuhfach nach einem Erfrischungstuch. Wie groß ist die Chance, dass ein halbwegs ordentliches Auto mitten auf einer nigelnagelneuen Brücke verreckt? Wie groß ist die Chance, dass in diesem Auto ein Gephyrophobiker sitzt? Fräulein Schröder setzte sich wieder ins Auto. «Hast du was?», wollte sie wissen. «Du guckst so komisch.» «Och, nichts», versetzte ich. «Alles in Ordnung. Ich habe nur gerade einen kleinen gephyrophobischen Schub.» «Einen was?» Eine Schlinge aus Angst zog sich um meinen Hals. «Brückenpanikattacke», würgte ich heraus. Im selben Moment hörte ich die Blaskapelle. Mir brach der Schweiß aus. Kurz darauf waren wir von Leuten in Trachten umzingelt. Fahnen wurden geschwenkt. Jemand spannte ein buntes Band von einem Brückengeländer zum anderen. Es kamen auch Leute in Anzug und Krawatte. Einer hatte eine große Schere dabei. Dass diese Menschen Sektgläser und Bierkrüge auf meine Kühlerhaube stellten, störte mich tatsächlich weniger, als ich geglaubt hätte. Das Blitzlichtgewitter, der tosende Applaus und die Marschmusik waren auch gar nicht mal so schlimm. Gegen Hyperventilation hilft es, wenn man in eine Plastiktüte atmet. In der Lokalpresse wird zu lesen sein, dass anlässlich der Brückeneinweihung der örtliche ADAC eigens eine Liveperformance an der Rostbeule eines unbekannten Fremden zum Besten gegeben habe und dass dieser Fremde, der eine sehr kehlige und niemandem näher bekannte Sprache gesprochen habe, die Einweihung der neuen Brücke offenbar zum Dank mit einem sehr speziellen, anscheinend dessen Heimat entstammenden Ritual bereicherte. Er sei auf allen vieren den Mittelstreifen entlang über die Brücke gekrabbelt und habe dabei ungewöhnliche, entfernt an katholische Litaneien erinnernde Lautsequenzen ausgestoßen, während seine Assistentin im

Auto gemessenen Abstands vorangefahren sei, um ihm –
begleitet durch rhythmische Hupsignale – den Weg durch
die Menge der Schaulustigen zu bahnen.

Lila Hose

Elektrischer Strom ist ja seit einiger Zeit gelb. Andere behaupten allerdings, Strom sei grün. Das ist auch eine schöne Farbe. Grüner Strom kommt angeblich aus Windrädern, gelber vermutlich aus Atomkraftwerken. Möglicherweise gibt es auch blauen Strom. Das wäre dann wohl solcher, der aus Wasserkraftwerken kommt. Leute, die im Ruhrgebiet wohnen, kriegen aber wahrscheinlich nur den bösen schwarzen Strom aus Kohlekraftwerken geliefert. Solarstrom hingegen kann selbstverständlich nur weiß sein. Manchmal hätte ich gerne so eine Art Zapfhahn wie der Münchner Oberbürgermeister, wenn er das erste Fass Bier auf der Wies'n ansticht. Ich stelle mir vor, ich rammte diesen Hahn in eine meiner Steckdosen, riefe «Ozapft is», drehte den Hahn auf und die Kilowattstunden strömten nur so heraus, dass es eine Freude wäre. Fontänen von wirklich klasse Strom spritzten mir ins Gesicht und über die Hände, und ich könnte dabei genau sehen, welche Farbe *mein* Strom hätte, ob er gelb oder grün oder blau oder schwarz wäre – ich vermute mal, er wäre bunt. Natürlich weiß ich auch, dass das nur so metaphorische Redeweisen sind, die sich irgendwelche Werbeleute ausgedacht haben. Aber ganz falsch scheinen sie ja damit nun auch nicht zu liegen. Denn wenn es etwas gibt – und gibt es etwa keinen Strom? –, dann müsste man das doch auch sehen können. Jedenfalls im Prinzip. Also vielleicht nicht mit unseren Augen, aber vielleicht mit irgendwelchen Hilfsmitteln, mit Brillen, Rastertunnelmikroskopen, Computertomografen – oder zur Not auch mit Geräten, die es noch gar nicht gibt. Und wenn man etwas sehen kann, muss es ja auch irgendeine Farbe haben. Oder etwa nicht? Die ersten beiden Sätze meiner Erkenntnistheorie, wenn ich denn eine aufstellen wollte, müssten somit lauten:

1. Alles, was es gibt, kann man (im Prinzip) sehen.
2. Alles, was man (im Prinzip) sehen kann, hat eine Farbe.

Zu dieser schwachen Version meiner Theorie gibt es auch noch eine starke Version, die mit den folgenden Ergänzungen angereichert ist:

3. Alles, was eine Farbe hat, das kann man (im Prinzip) sehen.
Und:
4. Alles, was man (im Prinzip) sehen kann, das gibt es auch.

Worum ich mich allerdings bisher gedrückt habe, ist die Antwort auf die bedeutende Frage, *welche* Farbe ein Ding hat. Und auch, was es überhaupt heißen soll, dass etwas eine bestimmte Farbe *hat*. Zum Beispiel meine Lieblingshose. Meine Lieblingshose ist blau. Fräulein Schröder spricht aber immer von meiner «lila» Hose. «Du hast ja schon wieder diese lila Hose an», sagt sie, und ich weiß gar nicht, was sie meint. «Ich habe keine lila Hose», sage ich. Und sie sagt: «Ist diese olle Hose da etwa nicht lila?» Und ich sage: «Nein, diese Hose ist nicht lila, diese Hose ist blau.» Dann kriegt sie wieder ihr Augenrollen. Zugegeben, wenn die Lichtverhältnisse ungünstig sind, dann könnte man eventuell den Eindruck gewinnen, dass meine blaue Hose einen kleinen Rotstich hat. Aber wirklich nur minimal. Ich sagte ihr neulich: «Du brauchst gar nicht immer so mit deinen Augen zu rollen, das ist nicht gut für die Augen, das trübt auf die Dauer die Wahrnehmung.» Fräulein Schröder sagte daraufhin, ihre Augen seien tadellos und nicht sie, sondern ich sei es, der wie üblich die Realitäten verdränge. Die Hose möge ja vor hundert Jahren mal blau gewesen sein, jetzt sei sie lila. Als ob ich mit lila Hosen herumlaufen würde! Bin ich vielleicht ein Bhagwan-Jünger? Ein Öko-Zausel? Ein Feminist? Dann kam Gudrun zu Besuch, und ich habe sie gefragt, welche Farbe meine Hose habe. Gudrun als neutrale Instanz sozusagen. Gudrun sagte, sie fände, dass meine Hose irgendwie grau sei. Eigentlich habe sie gar keine Farbe. Vor allem sei sie zerschlissen. Ich habe Gudrun dann erst mal klargemacht, dass meine Hose erstens, wenn auch zu Fräulein Schröders Leidwesen, existiere und deshalb zweitens auch eine Farbe haben müsse. Eine Hose ohne Farbe sei ein Widerspruch in sich. Gudrun murmelte etwas von luxuriösen Scheinproblemen angesichts der Klimakatastrophe und der Unterdrückung Tibets. Meine Hose sei ihr wurscht. Blau, lila, grau. Der Nächste würde womöglich sagen, sie sei gelb. Der Paketbote mit Migrationshintergrund, der vorgestern an der Tür war, muss mich allerdings völlig missverstanden haben. Ich zeigte auf meine Hose und fragte: «Da, Hose! Welche Farbe?» Zur Antwort bekam ich: «Rose da, rot!»

Ich dachte, vielleicht liegt es ja auch daran, dass alles, was blau ist und was ich zutreffend als blau bezeichne, von Fräulein Schröder einfach irrtümlich lila genannt wird. So kaufte ich gestern eine Flasche Blue Curaçao, stellte sie beiläufig auf den Küchentisch und sagte: «Sieh mal, dieses Zeug da, wie schön lila das schimmert.» Sie warf kurz einen Blick auf die Flasche, dann musterte sie mich sehr ernst. «Du musst dich mal durchchecken lassen», sagte sie. «Irgendwas stimmt mit deiner Wahrnehmung nicht. Vielleicht hast du einen Gehirntumor.» Die Idee vom falschen Wortgebrauch hatte sich damit jedenfalls erledigt. Vor lauter Ratlosigkeit habe ich mir dann erst mal den einen oder anderen Cocktail gemixt. Der Test-Curaçao musste ja schließlich noch zu irgendwas gut sein. Und das war er dann auch.

Als ich heute Morgen meine Hose suchte, fand ich sie erst nicht. «Die habe ich gewaschen», flötete mir Fräulein Schröder aus der Küche zu. Ich kann auch nicht sagen, warum sie bei der Gelegenheit zugleich ihr rotes Halstuch aus alten Kommunardenzeiten mitgewaschen hat. Das noch feuchte Beinkleid, das ich aus der Trommel zog, war jedenfalls unbestreitbar violett. Hier, sagte ich zu ihr, die Hose in der Hand, du hast es geschafft. Aber nichts. Nicht ein Funken von Reue. «Was willst du überhaupt?», fragte sie unschuldig. «Ist doch schön sauber geworden. Und sogar wie-

der richtig blau.» Wenn Sie mich jetzt fragen sollten, welche Farbe meine Hose wirklich hat, ich weiß es nicht. Absolut keine Ahnung. Aber immerhin, sie hat eine, ich kann sie sehen, sie existiert also. Mehr Gewissheit brauche ich auch eigentlich nicht.

Top of the hill

Im Moment bin ich zwar im Urlaub, aber was heißt das schon. Ich habe soeben eine SMS meines Steuerberaters des Inhalts bekommen, wo denn eigentlich die Unterlagen und Quittungen vom letzten Jahr blieben. Das Finanzamt habe bereits gemahnt. Tja, habe ich dann auch gedacht: Wo bleiben denn eigentlich die Unterlagen und die Quittungen vom letzten Jahr? Temporäres Alzheimer ist ja viel verbreiteter, als man so denkt. Das nächste Mal werde ich aber, bevor ich auf Reisen gehe, mein Mobiltelefon trotzdem lieber ausschalten. Am besten, ich lasse es gleich ganz zu Hause. Diese Rund-um-die-Uhr-Erreichbarkeit bis ins letzte Kuhdorf von Cornwall zum Beispiel ist ja im Grunde nur ein weiterer Schritt des Menschen in die selbstverschuldete Unmündigkeit. Freiheit? Freiheit war gestern. Die Quittungen liegen übrigens in einem Schuhkarton. Der Schuhkarton steht in meinem Arbeitszimmer auf der Heizung. Immerhin aber gibt mir dieses Beispiel allgegenwärtiger und globaler elektronischer Gängelung jetzt die schöne Gelegenheit, während ich hier gerade in einem gemütlichen Pub bei einer großen Kanne Tee sitze, von meinen jüngsten Heldentaten zu berichten – kleine Abwechslung mal zu all den Niederlagen, mit denen das Schicksal mich sonst so zu beschenken weiß.

Fräulein Schröder hatte sich tatsächlich überreden lassen, mir einen Jugendtraum zu erfüllen, und ist mit mir auf eine Fahrradtour quer durch den Süden Englands gegangen, von Dover nach Land's End. «Ich mache das jetzt mit dir», hatte sie gesagt, «damit du endlich von dieser Schnapsidee geheilt wirst.» Dann sagte sie noch etwas in dem Sinne, dass ich endlich erwachsen werden müsse, dass man in unserem Alter nicht mehr im Zelt auf einer Isomatte kampiere, dass Tütensuppen und Instantkaffee etwas für Geschmacksbarbaren seien und dass Jugendherbergen, wie der Name schon sage, für Jugendliche da seien. Ich hingegen wusste gar nicht, was sie mit «in unserem Alter» überhaupt meinte. «Jugend», sagte ich im Brustton der Überzeugung, «ist doch keine Sache des Alters, Jugend ist eine Sache der Haltung!» Fräulein Schröder lächelte milde und ging in den Keller. Sie suchte die alten Campingsachen von damals zusammen. Ich friemelte an den Fahrrädern.

Schon Meilen bevor man in Dover von der Fähre geht, bieten sich einem die Kreidefelsen in all ihrer rauen Schönheit dar. Obendrauf liegt Dover Castle. Castles liegen ja generell ganz gerne oben. Vor allem die, die man besichtigen will. Aber auch sonst herrscht im Süden Englands eine gewisse Neigung zur Steigung. «On the top of the hill», wie der freundliche Gentleman sagte, als er uns den Weg zum Bicycle Mechanic wies. Dann stieg er kopfschüttelnd in seinen Range-Rover. Waren es meine kurzen Hosen, meine ölverschmierten Hände oder der Gepäckturm, der hinter meinem Sattel aufragte? «On the top of the hill», sagte auch das junge Mädchen in Winchester. Wir suchten eine *pharmacy*, um eine Wundsalbe für eine beim Radeln sehr betroffene Körperregion zu besorgen. Und die ältere Dame, die «on the top of the hill» ein Bed & Breakfast anbot, war wirklich sehr beeindruckt, als ich ihr das Reiseziel erklärte. Sie sah erst mich an und blickte dann zu Fräulein Schröder. Die beiden sahen einander sehr lange an. Ob wir gutes Regenzeug dabeihätten, wollte die Lady schließlich wissen. «Klar», sagte ich, «alles hundertprozentig wind- und wasserdicht.» Diese Behauptung der Hersteller war dann eventuell doch etwas zu optimistisch. Die Leute sagten später, einen so regnerischen Sommer wie diesen habe Cornwall seit Jahrzehnten nicht mehr erlebt. Es war dann auch so, dass das tolle neue Zelt wirklich sehr gemütlich war und viel Platz bot – bis eben das schlammige Wasser durch die Reißverschlüsse drang. Dadurch haben wir aber wenigstens die englischen Jugendherbergen näher kennengelernt. Fräulein Schröder war es mit Blick auf meine nicht mehr ganz so dunklen Haare anfangs wohl etwas unangenehm, nach den Youth Hostels zu fragen. Aber das legte sich, sobald sie merkte, dass man in Jugendherbergen vor allem mit Gleichaltrigen zusammenkommt. Deswegen kann man sich dort auch gut über die optimale Altersversorgung informieren oder sich mit den anderen Gästen über die verschiedenen körperlichen Beeinträchtigungen, die Rad- und Wandertouren so mit sich bringen, unterhalten. Zum Beispiel mein Knie. Mein Knie ist ja, ich hatte das bisher gar nicht erwähnt, ein gewisser Schwachpunkt bei mir. Das war nicht immer so. Ich weiß auch nicht, woran es liegt, aber das Knie knackt neuerdings so merkwürdig und wird spätestens nach fünfundzwanzig Meilen immer so dick. Ich ignoriere das einfach. Fräulein Schröder meint, das sei der Verschleiß. Das kann aber nicht sein. Ich benutze es ja sonst kaum. Mein Knie müsste es rein belastungstechnisch mit dem Knie jedes Siebzehnjährigen aufnehmen können.

Und dann die Geschichte mit meinem Rücken. Dass ich neuerdings das Gefühl habe, dort, wo andere eine Wirbelsäule haben, eine verbogene Eisenstange mein Eigen zu nennen, muss einfach daran liegen, dass mein Sattel noch nicht perfekt eingestellt ist. Oder mein Lenker. Oder auch beides. Ich muss noch mal zu einem Fahrradmechaniker. Der muss sich das mal anschauen. Fräulein Schröder immerhin gefällt unsere kleine Tour offenbar ganz gut. Sie klagt niemals über Knie- oder Rückenschmerzen. Wenn wir unsere Räder einen Hügel hochschieben und ich sie frage, ob alles klar sei, da kommt nie ein Gejammer und nie ein Geklage. Sie lächelt nur, sie schweigt und sie schiebt. Und gestern erst hat sie mir gesagt, welches Glück es sein werde, wenn wir Land's End erreichen. Ich glaube, ich werde ihr dafür im nächsten Jahr auch einmal einen Jugendtraum erfüllen. Ist zwar nicht so ganz mein Stil, dieses ewige Rauf und Runter bis zum Horizont. Aber ganz so übel soll so eine Kreuzfahrt ja dann auch wieder nicht sein. Außerdem könnte ich mein Notebook mitnehmen. Ich könnte meine E-Mails empfangen. Und ich könnte sogar meinen Schuhkarton mitnehmen und meine Steuererklärung machen, falls ich Lust dazu habe. Fräulein Schröder könnte währenddessen so ein Wellnessprogramm absolvieren. So mit Sauna, Spa und Massagen. Sie liebt das. Und ich könnte da mitmachen. Eine Massage am Tag, das wäre schon was. Oder besser zwei. Morgens und abends. Oder auch mal so zwischendurch. Und dann einen Cocktail an der Bar. Caipirinha, Tequila Sunrise, Sex on the beach. Und am Abend zum Dinner. Tanzen, Bordkino, Swimmingpool auf dem Sonnendeck ... Ich muss jetzt dringend Schluss machen. Der Tee ist kalt, und das Gewitter hat sich verzogen. Mein Hinterreifen hat einen kleinen Platten. Den muss ich noch machen. Wir wollen ja nicht wie gestern die Jugendherberge erst in der Dunkelheit erreichen und dann keinen Platz mehr bekommen.

Private Banking

Mit dem Geld ist das ja heute alles anders. Früher bekam ich beim Sonntagsbesuch von Tante Frieda 50 Pfennige geschenkt, steckte die kleine silberne Münze mit dem zarten knienden Mädchen, das ein Bäumchen pflanzt, in mein Sparschwein, und wenn ich mir Brausepulver kaufen wollte, drehte ich das Sparschwein auf den Kopf und stocherte mit einer Stricknadel so lange darin herum, bis das zarte Mädchen wieder herausfiel, um von meiner Hand in die Hand des Kaufmanns zu wandern. Heute heißen die Sparschweine Aktien- oder Immobilienfonds oder so ähnlich. Da steckt man gleich ein paar Tausend Euro rein, aber wiedersehen tut man die nie, na ja fast nie. Und die Schweine, die einem diese super Geldanlagen mit super Performance super risikolos in einem Moment unheilvoller Gier aufgeschwatzt haben, die kann man leider nicht so einfach auf den Kopf stellen und mit spitzen Nadeln traktieren, obwohl sie es durchaus nicht besser verdient hätten. Ich habe in den letzten Jahren − Fräulein Schröder habe ich mit diesen unschönen Nachrichten lieber nicht behelligt −, ich habe einen doch erheblichen Betrag, wie soll ich sagen, verloren? Verspekuliert? Vertrottelt? Die genaue Höhe meines privaten Finanzdesasters kenne ich noch nicht mal genau. In dem ganzen Hin und Her von Käufen und Verkäufen, von Gewinnmitnahmen, Depotoptimierungen und Verlustrealisierungen habe ich irgendwann den Überblick verloren. Und ich will es auch gar nicht wissen. Wenn mich mein Bankberater anruft und meint, wir müssten mal wieder über die Zukunft reden, dann erfinde ich zur Not einen Todesfall, um mich vor dem Gespräch zu drücken, denn Zukunft und Geld sind für den synonym. Für mich aber liegt die Zukunft in der Vergangenheit. Und dann diese Bankersprache. Dieser Heuchelton. Sie versprechen mir eine rosige Zukunft und meinen ihre eigene. Sie reden über mein Geld und freuen sich schon darauf, dass es bald ihnen gehört. Sie denken: Mit dem können wir Schlitten fahren. Und in der Tat, das können sie. Fräulein Schröder scheint das mittlerweile auch irgendwie herausgefunden zu haben. Sie sagte zu mir: «Wenn du so weitermachst, werde ich dich eines Tages noch durchfüttern müssen oder du wirst deinen Lebensabend im Obdachlosenasyl verbringen.» Ich sagte: «Über Geld spreche ich nicht.» Sollte ich ihr etwa die Wahrheit offenbaren? Ebenso gut hätte ich mich auch auf die Warteliste für ein Männerwohnheim setzen lassen können. Und ich dachte: Du musst jetzt tatsächlich mal an die Zukunft denken, weshalb mir auch das Mädchen wieder einfiel, das ein Bäumchen pflanzt, auf dass es wachse und gedeihe und bald schon eine große, mächtige Eiche werde.

Wenn der Tresor, den ich ein paar Tage später in einem Fachgeschäft für Schließanlagen und Sicherheitstechnik für ein kleines Vermögen käuflich erwarb, anstatt eines Zahlen-

codes einen Münzschlitz gehabt hätte, ich hätte wirklich geglaubt, dass es sie noch gibt, die gute alte Zeit. Der Verkäufer erklärte aber, dass der Secura 27-8 kein Sparschwein sei, sondern das neueste Modell. Auf die Frage der Leute, die drei Wochen später mit dem neuesten Modell vor der Tür standen, in welche Wand sie den Secura 27-8 einzementieren sollten, war ich allerdings nicht vorbereitet. Mir schien schließlich die Toilette der geeignetste Ort dafür. Fräulein Schröder machte jedoch unmissverständlich klar, dass jeder, der es wagen würde, ein Loch in ihre italienischen Kacheln zu schlagen, ein toter Mann sei. Die Tresorleute hievten das Trumm mitten ins Wohnzimmer und waren nicht mehr gesehen. Ich aber räumte zum blanken Entsetzen meines Finanzberaters sämtliche Konten und Depots, öffnete den Secura 27-8 und deponierte darin die Über-

bleibsel meiner Ersparnisse. Wo andere Leute einen Couch-
tisch haben, da hatte ich jetzt einen unverrückbaren Stahl-
kubus, obendrauf die Fernbedienung, innendrin meine ge-
samten Zahlungsmittel. Und während ich in unendlicher
Gelassenheit allabendlich vor der Tagesschau das Börsenba-
rometer zur Kenntnis nahm und mich an jedem Kurssturz
ergötzte, telefonierte Fräulein Schröder stundenlang mit
einer ehemaligen Schulfreundin, ihres Zeichens Psychothe-
rapeutin. Ich hörte ganz gedämpft so seltsame Wörter wie
«pekuniäres Syndrom», «Peniaphobie» und «Geldkomplex».
So gingen die Wochen wohlig dahin, es kam Weihnachten,
es kam Ostern, es nahte Pfingsten. Die Aktienkurse fielen
zu meiner offenen Freude weiter ins Bodenlose. Mein Geld
war sicher, und Fräulein Schröder buchte uns eine kleine
Reise nach Budapest. Wir packten die Koffer, ich tankte
den Wagen, sie füllte die Thermoskanne. Es hätten ziemlich
schöne Tage werden können, so gemeinsam in Ungarn. Wir
hätten an der Donau spazieren gehen können, wir hätten
schön essen gehen können. Ich sage nur Puszta-Tokaier-
Gulasch. Dass mir – Fräulein Schröder saß bereits bei lau-
fendem Motor im Auto – der Zahlencode für den Secura
27-8 nicht mehr einfallen wollte, war, fand ich, nicht meine
Schuld. Ich habe das nicht gewollt. Es war nicht meine Absicht. Um doch noch an das blöde Geld für den Urlaub und
die Pässe zu kommen, habe ich den Typen vom Tresorladen
aus dem Bett geklingelt. «Wenn du es nicht tust, tu ich es»,
hatte Fräulein Schröder gesagt. Den Secura 27-8 könne
man nur aufschweißen, sagte dieser Dilettant, es sei ja das
neueste Modell. «Dann schweißen sie diesen Mistkasten

eben auf!» Ich gebe zu, ich war etwas aufgebracht. Fräulein Schröder tippte mit den Fingerspitzen auf dem Armaturenbrett herum. Das könne er schon tun, erwiderte er, aber das könne ich nicht wollen. Warum nicht ?? Weil die Flamme des Schneidbrenners dann mit einiger Sicherheit die Geldscheine entzünden würde. Das hingegen war dann doch mal eine gar nicht so schlechte Nachricht. Das zarte Mädchen mit seinem Bäumchen gab es ja nicht mehr. Was war mir also übrig geblieben, als unverwüstliche 2-Euro-Stücke zu nehmen.

Hundeleben

«Ich will einen Hund», sagte Fräulein Schröder, während sie ihre Joggingschuhe zuschnürte. «Mit einem Hund macht das Laufen viel mehr Spaß.» «Hör einfach mit dem Laufen auf», sagte ich, «dann brauchst du auch kein Viech.» Die Tür fiel krachend ins Schloss. Vermutlich hat jeder Mensch so Dinge, die nicht verhandelbar sind. Fräulein Schröder läuft gerne, ich habe gerne keinen Hund. Diese nichtverhandelbaren Dinge machen einem das Leben schwer. Die der anderen. Seit ich Fräulein Schröder kenne, redet sie von einem Hund. Ein Hund hier, ein Hund da. «Sieh mal, was für ein schöner Hund da drüben.» «Ach, ist das aber ein süßer Hund.» «Hat der Hund aber ein schönes Fell.» Kein Spaziergang ohne Kommentare zu den Hunden anderer Leute. Fräulein Schröder sieht jedes vierbeinige Geschöpf im Umkreis von hundertfünfzig Metern. Ich sehe es auch. Nur denke ich dabei ganz andere Sachen: «Schon wieder so eine Töle.» «Warum ist der Köter nicht angeleint?» «Wenn das Vieh mir die Hose zerreißt, verklag ich den Besitzer.» So in der Art. Eine Zeit lang dachte ich, es gehe ihr gar nicht um einen Hund im Speziellen, sondern um ein Tier überhaupt. Ich ging in die Zoohandlung und kaufte einen Fisch. «Hier»,

sagte ich, «damit du einen Gefährten hast.» Das fand sie
nicht lustig. Den Fisch könne ich, wenn's nach ihr ginge,
auch zwischen zwei Semmelhälften packen, sagte sie. Seitdem habe ich ein Aquarium und einen Fisch. Einen Fisch,
den ich liebe, weil der Fisch nicht haart, nicht bellt und
nicht Gassi gehen muss. Und ich kann stundenlang vor dem
Aquarium sitzen und den Luftbläschen beim Aufsteigen
zusehen. Ein paar Monate später rang ich mich durch und
kaufte einen kleinen Kater und auch ein Katzenklo. Katzen
haaren, Katzen miauen, aber mit Katzen muss man nicht in
aller Herrgottsfrühe vor die Tür. Fräulein Schröder gab sich
Mühe, ihre Enttäuschung zu verbergen, und zeigte auf unser
neues Ledersofa. «Das da kannst du in drei Monaten zum
Sperrmüll bringen.» Das Sofa steht aber noch immer bei
uns. Paulchen liebt das Ledersofa. Er hat es nach eigenen
Bedürfnissen etwas umgestaltet. «Vernichtet», sagt Fräulein
Schröder. Sie würde dem Kater am liebsten den Hals um-
drehen. Sagt sie. Ich war ratlos. Ich steckte in einem Dilem-
ma. Wenn Fräulein Schröder ihren Hund nicht kriegt, wird
sie schwermütig. Und wenn sie einen Hund kriegt, werde
ich schwermütig. Entsprechend stellten sich mir zwei Fragen, nämlich erstens: «Wie schaffe ich es, dass sie keinen
Hund mehr will?» Und zweitens: «Wie schaffe ich es, dass
ich einen will?» Eine Antwort zumindest auf eine der beiden wäre schön gewesen. Ich rief Fräulein Schröders Freundin und selbst ernannte Hundeexpertin Gudrun an und
sagte: «Hallo, liebe Gudrun, du hast doch einen Hund.
Kannst du uns den mal für ein paar Tage borgen?» «Ein
Hund ist kein Buch aus der Leihbibliothek», antwortete

Gudrun und wollte wissen, was das solle. Ich habe ihr dann erklärt, dass wir uns ganz eventuell mit dem Gedanken trügen, einen Hund anzuschaffen, und vorher einfach mal testen wollten, wie das so ist. «Wer ist ‹wir›?», fragte Gudrun, bei der immer gleich alle Alarmglocken schrillen, wenn ich freundlich zu ihr bin. «‹Wir› ist wir, also Fräulein Schröder, also ich.» «Dacht ich mir's doch», sagte Gudrun. Ich hab sie dann aber doch noch überreden können, so zu tun, als benötige sie eine Betreuung für Hasso, und Fräulein Schröder zu bitten, auf ihn aufzupassen. Zwei Tage später wurde ich überraschend zum Griechen eingeladen, und Fräulein Schröder fragte mich nach dem dritten Glas Wein und dem zweiten Ouzo, ob ich mir möglicherweise vorstellen könnte, eine gewisse Zeit, eine kurze Zeit nur, Gudruns Hund in unserer Wohnung zu dulden. «Kann ich mir absolut vorstellen», erwiderte ich generös und wurde dafür von Fräulein Schröder vor allen Leuten auf die Stirn geküsst. Ich kenne mich mit Hunderassen nicht so aus, aber ich würde sagen, Hasso ist irgendwas zwischen Pinscher und Dackel. Ein kleines kläffendes Scheusal. Ein Wadenbeißer. Ein Gudrunhund. Fräulein Schröder war aus dem Häuschen, Paulchen verschwand unterm Schrank und ich zog mich in mein Arbeitszimmer zurück.

Hasso blieb eine Woche, Hasso blieb zwei Wochen, Hasso blieb drei Wochen. Gudrun war anscheinend auf Weltreise gegangen. Zu Beginn der vierten Woche rief ich dann doch mal Gudrun an, um sie daran zu erinnern, dass sie einen Hund hatte. Der Anrufbeantworter teilte mit, dass Gudrun auf Weltreise gegangen war. Dass sich Fräulein

Schröder dann beim Laufen den Fuß umknickte, verschärfte die Lage weiter. Jetzt war ich es, der mehrmals am Tag Gassi zu gehen hatte. Immerhin dämmerte mir bald, warum sich Menschen überhaupt einen Hund zulegen: um nicht einem Kegelklub beitreten oder Tangokurse belegen zu müssen. Ein Hund dient der Kommunikation. Ein Hund ist eine vierbeinige Partnervermittlungsagentur. Ich habe in dieser einen Woche, in der ich vermittels Einweghandschuhen und Küchenpapier die Münchner Bürgersteige von Hassos Kot befreite, etwa siebzehn mir bis dahin völlig unbekannte Menschen kennengelernt. Einige davon samt Telefonnummern. Und ich bin seitdem im Bilde über die seltsamsten Hunderassen und deren gesundheitliche Anfälligkeiten, über Namen von kompetenten wie inkompetenten Tierärzten, über die Regularien der Hundesteuererhebung sowie über die Strategien optimaler Hundeerziehung. Auch konnte ich nicht ganz ohne Genugtuung feststellen, dass ich ziemlich sicher bei Fräulein Schmitt von schräg gegenüber eine Tasse Tee bekäme. Bei Fräulein Huber aus der Parallelstraße wäre es wohl ein Gläschen Sekt. Und was mir der Besitzer von Rosa, eines «zuckerzuckersüßen» Norfolk Terriers, im Falle des Falles anbieten würde, will ich lieber gar nicht erst wissen.

Eines aber habe ich dann doch viel zu spät begriffen. Also irgendwie gewusst habe ich es schon. Nur eben nicht so richtig. Nämlich dass Hasso gar kein richtiger Hund ist. Nach einigen Monaten, Gudrun dürfte zu dem Zeitpunkt bereits in einem tibetischen Kloster versackt gewesen sein, da hat unser lieber haariger Gast auf unserem Ledersofa vier kleine Hassoleinchen zur Welt gebracht. Und einer von diesen Hassoleinchen heißt jetzt «Müller». «Müller, komm, wir gehen laufen», ruft Fräulein Schröder, und dann kommt Müller und bellt und hüpft. Ich wäre ja mehr für «Gudrun» gewesen. «Gudrun, Platz!» – «Gudrun, sitz!» – «Gudrun, mach Männchen!» Klingt gut, oder?

Dafür darf ich jetzt für Müller den Unterhalt zahlen, weil ich angeblich nicht aufgepasst habe. Und Müller? Müller ist natürlich Fräulein Schröders bester Freund. Sie laufen zusammen, sie spielen zusammen, sie kuscheln. Manchmal kocht sie sogar für Müller. Selbst Paulchen findet Müller ganz okay. Und ich? Ich sammle heimlich die Adressen von alleinstehenden Hundebesitzerinnen aus der Gegend und komme mir dabei ganz verrucht vor. Aber was soll ich schon mit denen. Die haben ja alle einen Hund.

Topmodel

Ich war perfekt. Ich war blond. Ich war Heidi Klum. Ich habe das allen Ernstes letzte Woche geträumt. Ich grub mich langsam aus meinem Schlaf und lächelte und spürte, dass ich lächelte, und dachte, wow, ich bin toll, und spürte, dass ich dachte, dass ich toll sei. Und dann wachte ich wirklich auf, und die Einsicht, dass ich doch nur wieder ich sei und nicht die tolle Heidi, brach in meinen Schädel ein wie ein Sumo-Ringer durchs dicke Eis. Wie können Tage werden, die mit einem Fettkloß im Kopf beginnen? Ich schlurfte ins Bad, sah in den Spiegel und schämte mich für meinen Traum. Und ich war besorgt. Will ich eine Frau sein? Will ich blond sein? Will ich mein Geld mit der Demütigung von abgrundtief naiven Teenagern verdienen? Was in Gottes Namen hatte dieser Traum zu bedeuten? Ich beschloss, meinen nächsten Traum abzuwarten, und hoffte im Stillen, dass ich darin dann vielleicht Ivica Olič sein würde, der gerade einen Vertrag auf Lebenszeit mit dem Hamburger Sportverein abschloss. Fräulein Schröder aber sagte ich lieber nichts von Heidi Klum. Wozu sie auch beunruhigen? Wozu sie denken lassen, dass ich in einer möglicherweise bedrohlichen Identitätskrise steckte? Warum will man anders sein, als man ist? Rätselhaft. Oder doch nicht? Als ich ein Junge war, so dreizehn, vierzehn Jahre alt, wollte ich sein wie Klaus-Peter. Klaus-Peter war der Leiter unseres Pfad-finderstammes. Klaus-Peter war groß und sportlich, hatte eine schöne dunkle Stimme, konnte gut Gitarre spielen, und wenn er den Lagerfeuerabend mit «Nehmt Abschied, Brü-der» beschloss, lief mir ein Schauer über den Rücken. Au-ßerdem hatte Klaus-Peter eine wunderschöne Freundin, die er gewiss bald heiraten würde, um viele kleine Klaus-Peters mit ihr zu machen. Ich aber war kein Klaus-Peter, und ich wurde auch keiner. Wenn ich zu singen anfing, ergriffen meine Boy-Scout-Brüder freiwillig die Flucht. Ein paar Jahre später wollte ich dann wie mein Philosophieprofes-sor sein, der Herr K. Das war der coolste Typ der ganzen Uni, der hörte die Stones und die Talking Heads, trug einen Zopf und war – auch Vorbilder können ja mal irren – Fan von Eintracht Frankfurt. Und natürlich: Die schönsten Phi-losophiestudentinnen wollten ein Kind von ihm, oder auch zwei. Ich aber war kein Herr K. Wenn ich auf einer Party zu philosophieren anfing, sprach ich in kürzester Zeit allein mit dem Türpfosten, an dem zuvor noch hingebungsvoll die Blondinen gelehnt hatten.

Nach meinem etwas irritierenden Traum verstrichen ei-nige Tage, in denen ich irgendwelchen wirren Gedanken nachhing. Ich war unkonzentriert. Mehrfach fragte mich Fräulein Schröder, ob alles in Ordnung sei, was ich, um nur ja keinen Verdacht zu erregen, umgehend bejahte. Dann fragte ich sie aber doch und möglichst beiläufig: «Sag mal, nur so als Gedankenspiel, nur so rein theoretisch, wenn ich

eine Frau wäre, was meinst du, wem sähe ich da ähnlich?»
Fräulein Schröders Gesicht wurde zum leibhaftigen Frage-
zeichen. «Das willst du nicht wissen, oder?», sagte sie und
zog vor dem Badezimmerspiegel ihren Lidstrich nach.
«Doch, das will ich wissen», erwiderte ich und bereute noch
im selben Moment, dass ich überhaupt gefragt hatte. «Nun»,
sagte sie und grinste dabei süffisant, «ich nehme an, du

sähest dir selbst ähnlich.» «Aha», sagte ich, «darauf wär ich ja nun gar nicht gekommen.» «Na schön», sagte sie und lächelte teuflisch, «wenn du es genau wissen willst, ich glaube, du sähest aus wie Alice Schwarzer.» Ich gab es auf. Gemeinheiten konnte ich mir auch selbst zufügen.

Ich meine, mit so ernsten Fragen wie jenen nach Vorbild und Abbild, Modell und Realität, Ähnlichkeit, Identität und Differenz geht man einfach nicht so leichtfertig um. Das ist nicht lustig. Das berührt die Existenz, das Sein – das Dasein, das Sosein, das Dennochsein, das Ganzanderssein, das Nichtsein. Oder etwa nicht?

Gestern waren wir auf einer Faschingsparty bei Paul eingeladen. Fräulein Schröder ging als Pirat und ich – was ich mehr so für mich behielt – als Heidi Klum. Paul öffnete, winkte uns herein und war anscheinend begeistert: «Hey, toll dass ihr da seid. Ihr seht ja super aus, genau wie John Silver und – Alice Schwarzer!» Ich schwor mir, egal wie viel ich getrunken haben würde, an diesem Abend weder zur Gitarre zu greifen noch philosophische Themen anzuschneiden. Ich ging vielmehr geradewegs ins Bad und frischte mein Make-up mit diesen ganzen merkwürdigen Utensilien auf, die mir Fräulein Schröder geliehen hatte. Zum Glück hingen da Wattepads, mit denen ich mir, kleines Missgeschick, den Lippenstift von der Wange und den Lidschatten von der Stirn wischen konnte. Die Verwendung des Eyeliners hätte mich dagegen beinahe das Augenlicht gekostet. Den Schweiß in meiner Kniekehle trocknete ich mit etwas Klopapier, riss mir dabei aber ein Loch in die Strumpfhose, weil sich mein Armreifverschluss in das Nylongewebe gehakt hatte. Aber nachdem auch meine Perücke wieder einigermaßen saß, löschte ich das Licht und trat aus dem Badezimmer heraus ins Getümmel. Allein, ich hätte etwas mehr auf die Türschwelle achten sollen, denn dieser fiel der erste Absatz meiner Pumps zum Opfer. Der zweite blieb später in einem Gullydeckel hängen. Es wurde dann ein heiterer Abend, vor allem für die anderen. Man erkannte in mir die Alice, die Angie, die Maggie Thatcher oder Charlys Tante. Man klatschte mir auf den Hintern, rückte mir unsittlich zu Leibe und verlangte, ich solle doch mal einen ordentlichen Striptease hinlegen, da wären sie alle sehr gespannt drauf, und dann müsste ich auch nicht mehr auf nur einem Absatz herumhumpeln.

Wissen Sie was ich heute Nacht geträumt habe? Ich war perfekt, ich war blond, ich war Brad Pitt. Es ist alles in Ordnung.

Energieverschwendung

Es ist nicht lange her, da fühlte ich mich an meinem Schreibtisch nicht mehr so wohl wie sonst. Es war nicht mehr so
gemütlich. Die Atmosphäre war anders. Und ich litt unter
Denkblockaden. «Weißt du vielleicht, woran das liegen
könnte?», fragte ich Fräulein Schröder. «Neon», kam es lapidar zurück. «Wie? Neon?» «Die neuen Glühbirnen eben,
die Energiesparlampen.» Ich beugte mich unter den Schirm
meiner Schreibtischlampe und sah da dieses Leuchtstoff-
röhrendings. «Ich will das nicht», sagte ich zu Fräulein
Schröder, «ich kann im Bahnhofshallenlicht nicht denken.»
«Musst du aber. Die anderen sind jetzt verboten.» Ist das zu
fassen? Irgendwelche Bürokraten schreiben mir vor, bei
welchem Licht ich jetzt nicht mehr arbeiten kann? «Du
wirst dich schon dran gewöhnen.» Fräulein Schröder schal-
tete den Fön ein und konnte nicht mehr hören, dass ich es
unter diesen Umständen solidarisch gefunden hätte, dass sie
ihre Haare in ein Handtuch schlägt oder sie an der Luft
trocknet. Ist ja völlig unverantwortlich, elektrische Energie
fürs Haaretrocknen aufzuwenden. Wo bleibt die EU-Richt-
linie, die das verbietet? Und das Wäschetrocknen? Und das
Rasieren? Und das Kaffeemahlen? Und das Sahneschlagen?

Der Fön schwieg. «Hast du was gesagt?», fragte Fräulein Schröder. «Nein ich habe nichts gesagt. Ich habe lediglich laut darüber nachgedacht, ob ich nicht aus dem Fenster springen sollte.» «Geht's dir nicht gut?» «Mir geht's fabelhaft! Aber meine Anwesenheit auf dem Planeten scheint ja irgendwie in die Klimakatastrophe zu führen. Und nur ein toter Mensch verbraucht keine Energie.» «Reg dich ab. Die werden die Dinger bestimmt bald verbessern, damit sie ein schöneres Licht geben.» «Darum geht's doch gar nicht. Es geht um den verborgenen Geist solcher Bestimmungen.» «Und der wäre?» «Na, dass ich, dass du, dass der Mensch überhaupt nicht mehr als die Krone der Schöpfung, sondern nur noch als leibhaftige Energieverschwendung betrachtet wird. Als Nächstes schreiben die mir vor, wie viele Atemzüge ich maximal pro Minute machen darf, um die europäischen Klimaziele nicht zu gefährden.» Fräulein Schröder fand das irgendwie übertrieben. Ich aber kalkulierte, dass ich bei einem Durchschnittsverbrauch von etwa zehn Glühbirnen pro Jahr und einer Lebenserwartung von etwas wohlwollend gerechnet hundert Jahren etwa fünfhundert Glühbirnen bunkern müsste, um in einigermaßen akzeptablem Licht mein Dasein beschließen zu können. Tags darauf ging ich ins nächstgelegene Elektrogeschäft und verlangte alle Glühbirnen, die sie auf Lager hatten. «Ausverkauft», sagte der Verkäufer im bläulichen Schein der Leuchtstoffröhren. «Ausverkauft», hieß es auch im zweiten Geschäft und auch im dritten. Die junge Frau im roten Hemd, die ich im Baumarkt nach Glühbirnen fragte, drückte mir mitleidig lächelnd einen Zettel in die Hand. Darauf waren einige russische Internetadressen, über die man angeblich noch welche beziehen konnte. Auch eine Adresse von einer Protestbewegung war dabei und eine von einer Selbsthilfegruppe, die sich immer mittwochs trifft. Als ich meinem Zeitungsmann am Kiosk mein Leid klagte, flüsterte er: «Psst! Kommen sie mal näher! Müssen die anderen ja nicht sehen.», und holte drei staubige Exemplare unter seinem Tresen hervor. «Die sind zwar secondhand, aber die leuchten noch tadellos.» Ich blätterte die geforderten zehn Euro hin und zog mit meinem Schatz von dannen. Als ich die Erste davon in die Fassung meiner Schreibtischlampe drehte, machte es erst mal peng! Die zweite funktionierte zum Glück. Die dritte wickelte ich vorsichtig in ein Küchenpapier und verbarg sie in der untersten Schreibtischschublade. Dann ging ich durch die Wohnung und schraubte alle noch existierenden Glühbirnen aus den Lampen. «Was soll das denn?», fragte Fräulein Schröder. «In dieser Dunkelheit kann ich nicht lesen.» «Solange wir keinen Nachschub aus Russland haben, müssen wir unsere Reserven schonen», erläuterte ich die Maßnahme. «Hier hast du eine Kerze für den Notfall und ein Feuerzeug.» «Du hast sie doch nicht mehr alle», schimpfte sie. Ich hingegen geriet etwas aus der Balance. «Wer hat sie hier nicht alle? Diese Oberklimaschützer wollen, dass wir Energie sparen, richtig? Sie wollen nicht, dass Langeoog in den steigenden Fluten der Nordsee versinkt. Schön! Das will ich auch nicht. Aber was machen sie? Anstatt dass sie die Pendlerpauschale nur noch den Fahrradfahrern gewähren, das Flugbenzin besteuern oder das Fahren dicker Autos untersagen, nehmen sie mir einfach mein Licht weg. MEIN LICHT!» Ich musste Atem schöpfen. «Ich bin ohne Weiteres bereit, im Winter drei Pullover übereinander zu tragen, ich esse auch gerne nur noch Äpfel, die nicht aus Neuseeland herangeschifft wurden, und mein Auto fahre ich ebenfalls gerne zum Schrott. Sogar ohne mir mit staatlicher Unterstützung gleich ein neues zu kaufen. Mein Licht aber, MEIN LICHT, das kriegen sie nicht. Nur über meine Leiche!» Fräulein Schröder schien verstört. «Ich hab noch etwas Baldrian», hauchte sie tonlos.

Die Tage darauf liefen insofern auch nicht ganz optimal, als dass ich Fräulein Schröder nur noch schemenhaft an mir vorbeihuschen sah, ich dreimal gegen eine Tür lief und mir darüber hinaus zwei Zehen an der Kommode verstauchte. Ich bin etwas nachtblind. Unser Hausarzt sah mich besorgt an, während er mir den Fuß bandagierte. Ob alles in Ordnung sei? Ob ich in einer Krise sei? Ob ich übermäßig Alkohol tränke. «Keine Sorge», erwiderte ich, «ich leiste bloß politischen Widerstand.»

Als ich heimkam, stand auf dem Küchentisch das sehnlichst erwartete Paket aus Russland. «Wenigstens etwas», dachte ich und riss es auf. Ich weiß ja nicht, ob ich da irgendetwas missverstanden hatte oder ob der Petersburger Lieferant kein Russisch konnte. Für die fünfhundert Matrioschkas, die da fein säuberlich in Seidenpapier eingewickelt lagen, hatte ich jedenfalls nicht direkt eine Verwendung. Ich konnte noch nicht ahnen, dass das Schild «Tausche original russische Matrioschkas gegen klassische Glühbirnen», das Fräulein Schröder im Bioladen aufhängte, dann dazu führen sollte, dass ich jetzt auch zweihundert Jahre alt werden könnte, ohne auf meine gewohnte Beleuchtung verzichten zu müssen.

Basilikumverschwörung

Was ist Leben? Die einfachsten Fragen hauen einen ja manchmal aus den Socken. Biologen würden einem wahrscheinlich jetzt mit irgendwelchen Zellen kommen oder mit Genen. Sie würden eine Liste mit Merkmalen aufstellen, die man abhaken kann. Und wenn dann alles abgehakt ist, dann haben wir es mit Leben zu tun. Alles, was lebt, würden sie vermutlich sagen, das muss einen Stoffwechsel haben, muss sich irgendwie bewegen, muss auf Reize reagieren, muss sich fortpflanzen. Wie wenig so eine Liste taugt, sieht man schon daran, dass fast alle dieser Merkmale auch auf mein Auto zutreffen. Benzin oben rein, Abgase hinten raus. Wenn ich Gas gebe, fährt es meistens los, wenn ich auf die Hupe haue, dann trötet es. Nur fortpflanzen kann sich mein Auto leider nicht. Wäre das also das entscheidende Merkmal? Kann auch nicht sein, denn sonst würden wir ja meinen kastrierten Kater Paulchen aus der Klasse der Lebenden ausschließen müssen. Mit der Biologie kommen wir also nicht recht weiter. Ein Philosoph würde dagegen einfach schauen, was die Leute so gemeinhin als lebend bezeichnen. Einen Stein nennt niemand lebendig, ein Auto auch nicht, einen Baum aber schon, einen Elefanten sowieso und einen Virus wohl auch, zumindest indirekt, insofern man Viren töten kann, was ja ein Leben immerhin voraussetzt. Ist das vielleicht das entscheidende Merkmal für Leben? Getötet werden können? Aber da kommt dann sicher wieder so ein Neunmalkluger daher und sagt: tote Zeit, totes Kapital, toter Winkel, tote Hose. Setzen diese Redeweisen etwa lebende Zeit, lebendes Kapital, lebende Winkel und lebende Hosen voraus? Die ganze Metaphorik macht uns einen dicken Strich durch unsere sprachanalytische Rechnung. Sollten wir daher einfach nach Gutdünken entscheiden und von Fall zu Fall? Gewiss, bei einigen Dingen sind wir ganz sicher, dass sie leben, bei

anderen ganz sicher, dass sie nicht leben, und bei wieder anderen, da können wir uns dann mal schön streiten. Zum Beispiel mein Basilikum. Basilikum kauft der moderne Mensch ja gerne für einen Euro neunundneunzig im Supermarkt und denkt dabei, dass er nun ein Leben lang ein frisches Basilikum hat. Ich denke das jedenfalls immer wieder gerne. Wenn ich mit so einem satten, üppigen Basilikumtopf vom Einkaufen nach Hause komme, sagt Fräulein Schröder aber immer nur: «Oje, das schon wieder!» Mit «das schon wieder» meint sie einen ihr wohlbekannten Vorgang, ich könnte auch sagen ein *Ritual*. Ich befreie das Basilikum von seiner trichterförmigen Plastikfolie, stelle es in

die Nähe des Küchenfensters, streiche sanft über die frischen Blätter, betaste mit dem Finger die feuchte Erde und denke wider besseres Wissen: «Diesmal klappt es.» Nach wenigen Stunden muss ich dann allerdings feststellen, dass sich die einzelnen Stängel ohne den Plastikfolientrichter schon etwas zur Seite geneigt haben. Das Ganze sieht jetzt ein bisschen auseinandergefallen aus. Zwischen den kräftigeren Stängeln zeigt sich bereits das ein oder andere welke Blatt. Es ist ja nicht so, dass ich schon in diesem Moment den Verdacht hege, dass ich basilikummäßig irgendwie reingelegt worden wäre. Meine Freude über den neuen Topf bekommt bloß so einen kleinen Schatten. Am Tag darauf, spätestens am zweiten, muss ich dann feststellen, dass auch einige der zuvor noch kräftigeren Blätter etwas schlaffer geworden sind. Einige hängen senkrecht herab. Einige sind ganz gelb. Ich prüfe erneut die Feuchtigkeit, ich beginne, es etwas zu gießen. Aber im Laufe einer Woche wird Stängel für Stängel schwach und sinkt in sich zusammen. Und das, obwohl ich dagegen angieße und ansprühe und alle Götter und Heiligen anrufe und mich immer dreimal nach Osten verbeuge. Ich spreche sogar mit dem Basilikum. Ich bin der Prinz Charles der Küchenkräuter. Ich sage: «Liebes Basilikum, wenn du nur hübsch kräftig bleibst, werde ich zur Belohnung meine Tomaten und meinen Mozarella ohne dich essen.» Das Basilikum, das ich kaufe, ist aber grundsätzlich taub. Alldieweil zupfe ich einen leblosen Trieb nach dem anderen aus der Erde. Es dauert keine zehn Tage, und mein ehemals üppiges Basilikum sieht aus wie ... – ach lassen wir das. Fräulein Schröder aber fängt spätestens am vierten Tag an, sich an meinem Leid zu weiden, sich in meinem Elend zu suhlen. «Vielleicht solltest du es etwas düngen, vielleicht solltest du es nicht so viel gießen, vielleicht solltest du es ganz anders gießen, vielleicht solltest du es aus der Sonne nehmen, vielleicht solltest du es in den Halbschatten stellen, vielleicht solltest du es umtopfen, vielleicht solltest du es beschneiden, vielleicht solltest du es abzupfen, vielleicht solltest du es an ganz anderen Stellen abzupfen, am besten solltest du alle Blätter abrupfen und diese dann einfrieren.» Sie sagt all diese Dinge immer nur ganz beiläufig. Ganz nebenbei. Harmlos scheinbar. Allein, das ist nicht so. Das ist die reine Schadenfreude.

Mittlerweile aber weiß ich ganz genau, warum mein Basilikum immer die Ohren anlegt: Ich werde betrogen. Hintergangen. Über den Tisch gezogen. Die stecken alle unter einer Decke. Der Lieferant, der Supermarkt, der Verkäufer. Alle. Wahrscheinlich gibt es irgendwo eine versteckte Kamera. Ich kaufe mal wieder so einen Topf, und die Nation sitzt vor dem Fernseher und lacht sich tot. Johl! Schenkelklatsch! Das Basilikum, das man mir andreht, das sieht eben nur so aus wie eine Pflanze. Tatsächlich stammt das Zeug aus einem holländischen Chemielabor und besteht aus alten Kartoffelschalen, die mit grüner Farbe bemalt wurden. Alle wissen das, nur ich nicht. «Du spinnst», sagt Fräulein Schröder, «du leidest unter Verschwörungstheorien.» Ich aber weiß: Mein Basilikum lebt gar nicht. Mein Basilikum simuliert nur Leben. Außen ist es grün. Aber innen, da ist es braun und holzig und tot. Es hat weder einen ordentlichen Stoffwechsel noch bewegt es sich – sieht man mal von den

Wirkungen der Schwerkraft ab. Und von Fortpflanzung kann ja erst recht nicht die Rede sein. Ich kann es noch nicht mal töten, denn es ist eh schon tot.

Vor einigen Wochen war es dann Fräulein Schröder, die ein neues Basilikum mitbrachte. «Rühr es nicht an!», befahl sie mir, «ich kümmer mich drum.» War mir nur recht. Ich habe es nicht angetastet. Ehrlich. Ich bin dran vorbeigegangen, habe immer nur ganz leise «Na, du olles Basilikum!» gezischt, habe meine Tomaten ohne es gegessen und höchstens ein paar vernichtende Blicke Richtung Fensterbank geworfen. Nach einer Woche war es so grün und üppig wie am ersten Tag. Nach der zweiten Woche hatte es sogar neue Blätter. Dann fing Fräulein Schröders Basilikum auch noch an zu blühen. Man ahnt ja gar nicht, wie hinterhältig Pflanzen sein können. Aus den Samen könne man neues Basilikum züchten, frohlockte Fräulein Schröder. Einfach nur demütigend. Gestern habe ich diesem Spuk ein Ende bereitet. Ich habe die Küchenschere genommen, die Stängel bis zum Ansatz abgeschnitten und aus der ganzen Pracht ein Pesto gehäckselt, das für ein halbes Jahr reichen sollte. Leben? Leben ist Widerstand leisten.